Te voy a regalar el viento en el Alcornoque

Basilio Ruiz Cobo

A mi esposa

Te voy a regalar el viento en el alcornoque

Constancio entró despacio en la habitación de su nieta. ¿Puede haber algo más hermoso que una niña de dos años dormida con el sol en la cara?

Comenzó a susurrar para no despertarla. "Alicia, esta mañana tu mamá se fue tan rápido al trabajo que no pude decírselo: es maligno, y tiene metástasis, y me quedará un año o año y medio. Y me da mucha rabia porque no me da tiempo a enseñarte lo importante. Verás: Vas a heredar todo lo que tengo. Y ¿sabes? Soy inmensamente rico: Tengo el pecho tan lleno de felicidad que me va a estallar por las costuras de las costillas; y tengo la luminosa liviandad de tu abuela a los 20 años y las arrugas de reír que tenía antes de morir; y tengo las manadas de trompas grises y blancos colmillos; y el ruido silencioso de los cocodrilos sumergiéndose en la tarde del rio; y las gotas de rocío atrapadas en la transparencia de la tela de araña; y el humo de leña interrumpido por el campanilleo de ovejas al atardecer de los pueblos del norte de Castilla; y el brío en las crines de los potros salvajes; y el cariño en los ojos avergonzados de los amigos que vendrán a verme cuando vaya a morir."

"Para que puedas heredar el mundo tienes que aprender a aprehenderlo. Tienes, Alicia, que aprender a querer saber y así, sólo así, aprenderás a saber querer. Tienes que aprender lo que son el ribosoma, el jacobiano y el floema; el solutrense, los piroclastos y el gluón; la serotonina, los cuásares y el hipotálamo. Tienes que aprender por qué nace una flor, entender el olor de la lluvia, el ulular de un búho, y por qué es necesaria la muerte para que brille la vida, delicada y breve, pujante y pertinaz… incluso con metástasis…”

– Ummm ¡Hola, *Buelito*! ¿Vamos a ir al *paaque*?

– Buenos días, Ali. Claro, claro, pero antes vamos a desayunar y luego vamos a ver un alcornoque muy viejo ¿sabes? y vamos a escondernos entre las ramas y te voy a regalar el viento…

Mercedes Sosa - Razón De Vivir

15 de febrero de 2007

Poema a la muerte de un compañero

Juan Luis era compañero en el Instituto de Astrofísica de Canarias. El sábado 7 de febrero de 2007, murió asfixiado junto con otros cinco chicos en el interior de una cueva en el municipio de los Silos, Tenerife. Tenía 36 años. Este es el poema que escribí en su memoria.

Tu sonrisa, tus ojos

Hundo las manos en un cesto
y las saco rebosando de cerezas
limpias, brillantes, tersas,
preñadas de aromas y promesas:
así son tus ojos, Juanlu.

¿Y tu sonrisa?
¡Ah, Juanlu, tu sonrisa
no cabe en un poema!
como no cabe el juego en una camada de cachorros,
como no cabe la luz en la montaña
ni el rojo en un campo de amapolas.

Cierro los ojos y ahí están tus ojos,
y ahí tu sonrisa
llenando mi alma de amapolas,
de montañas,
de cachorros
y de cestas repletas de cerezas.

Andreas Scholl, O Quam Tristis - Marco Rosano's Stabat Mater

20 de abril de 2009

Hola, mi linda sobrinita:

Recibí tu carta en la que me cuentas lo bien que saltas a la comba y el dibujo con las flores y todo el fondo azul: ¡precioso! Así que te voy a contar un cuento. Se titula 'Caballito'. Ahí va:

Caballito

Había una vez un caballito que se llamaba Hitzumijiirijiminitiuyi que, en el idioma de los caballos, significa algo así como "El caballo de largo pelo color miel que corre más rápido que las golondrinas". Pero como ese nombre es un poco largo nosotros vamos a llamarle 'Miel'. Bien, pues resulta que Miel, desde pequeño, era el caballo que más rápido corría: era capaz de subir a la colina y bajar hasta el río y luego llegar hasta la primera casa del pueblo en menos tiempo del que tardaban las campanas de la iglesia en tocar al mediodía.

Miel era famoso en toda la comarca. Su abuela, una yegua de patas gordas y pelo marrón oscuro, se lo decía a todo el mundo. "Nunca, nunca ha habido un caballo más rápido que mi nieto Miel". Y Miel corría y saltaba de alegría, cada día más contento, con su largo pelo de color miel brillando al sol.

Un día apareció en la pared de la escuela, un cartel muy grande donde ponía: "Gran Circo Mundial. Elefantes, Leones y Payasos. Actuación a las 8 horas. No se pierdan a la mujer barbuda y a Rayo, el caballo más rápido del mundo"

¡No podía ser! ¡El caballo más rápido del mundo era Miel! Todo el mundo lo sabía. ¿Cómo iba a ser uno del circo Mundial? Requete-requete-imposible. ¡Qué tontería más boba!

A las 8:00 todo el pueblo llenaba las sillas del circo. Las niñas y sus abuelos y también los niños y sus papás y los tíos y hasta algún primo, todos sentados esperando a los payasos y a los leones. Pero esperando sobre todo a Rayo. También Miel se acercó al circo y metió su cabeza entre las lonas azules de la carpa. Y llegó el momento. Y salió a la pista un caballo blanco. Brillante. Con el pelo largo y sedoso del color de la nieve. "Señoras y señores" dijo el presentador bajito del sombreo negro, "No se lo van a creer. Ante ustedes, por primera vez en el mundo, Rayo, el caballo más rápido del Universo". Y dio una palmada. Rayo relinchó y se levantó sobre las patas traseras. Y cuando volvió a posarse sobre el suelo salió disparado, rápido, tan rápido que parecía una sombra blanca: ¡Yuuufuuuuuf! Se oía. Y cuando al fin se detuvo sólo se oyó un largo ¡Ooooh! del público, y luego los aplausos.

Miel se alejó caminando despacito, con la cabeza baja. No podía ser. Rayo era mucho más rápido que las golondrinas y las campanas. Rayo era más rápido que un susto.

Y pasaron los días y el circo se fue pero Miel seguía triste y ya no corría ni saltaba. Se tumbaba junto al río y se quedaba ahí, con la cabeza agachada y, a veces, se podía ver una lagrima gordota que resbalaba por su morro color miel.

Un día que Miel bajaba caminando despacito hacia el pueblo vio a una niña llorando en el camino. Miel se quedó muy quieto. Luego se acercó muy despacio. Cuando estaba cerca, bajó la cabeza hasta el suelo y empujó un palito con el morro hasta los pies de la niña. Y luego, muy suavecito, frotó su cabeza contra el vestido de la niña. Ella dejó de llorar al instante, le miró con los ojos muy abiertos, sonrió y le acarició despacio, muy suave, las crines de color miel.

El caballito sintió como se le llenaba el pecho de una alegría amarilla y caliente. Tan grande que casi no podía respirar. No podía reír ni llorar. Sólo quería que no se acabase nunca. Y le entraron unas ganas enormes de correr y de saltar; pero lo que hizo fue tumbarse en el suelo y empujar despacito con la cabeza a la niña para que subiese a su grupa. Y la niña se montó. Y Miel empezó a caminar despacito al principio y un poco más rápido después y la niña se reía y se abrazaba a su cuello y Miel corría cada vez más rápido y cada vez más feliz y subió a la colina y bajó al río y llegó a primera casa del pueblo en menos tiempo del que tardan las campanas de la iglesia en repicar al mediodía.

Y entonces Miel descubrió otra forma de ser feliz, corriendo y saltando en compañía. No importaba no ser el caballo más rápido del mundo. Lo importante era ser Miel o mejor dicho Hitzumijiirijiminitiuyi.

Metallica- Nothing Else Matters

1 de mayo de 2009

Un cuento judío

Hace unos días mi amiga Nieves publicó en su página de face-book el cuento que les copio:

Un rabino mantuvo una conversación con Dios acerca del Cielo y el Infierno. "Te mostraré el infierno", dijo Dios, y llevó al rabino a un cuarto donde había una gran mesa redonda. Las personas sentadas al rededor de la mesa se veían famélicas y desesperadas. En el medio de la mesa había una enorme cacerola de guiso con un olor tan delicioso que al rabino se le hizo agua la boca. Cada persona sentada alrededor de la mesa tenía una cuchara con una manija muy larga. Aunque las cucharas llegaban a la cacerola, las manijas eran más largas que sus brazos. Como no podían llevarse la comida a la boca, nadie podía comer. El rabino vio que su sufrimiento era en verdad terrible.

"Ahora te mostraré el Cielo", dijo Dios, y entraron en otro cuarto, exactamente igual que el primero: la misma gran mesa, la misma cacerola de guiso. Como en el otro, las personas tenían cucharas de asa larga, pero todos estaban bien alimentados y saludables. Reían y charlaban. El rabino no entendía lo que pasaba. "Es simple", le dijo Dios. "En este cuarto, como ves, han aprendido a alimentarse los unos a los otros".

Pero creo que a Nieves le falta la parte final del cuento. Creo que debe continuar así: "Y finalmente te voy a mostrar el Mundo", dijo Dios, y entraron en una sala mucho más grande, en la que había muchas mesas; en cada una se veía a un orondo y satisfecho comensal que era alimentado por muchas personas famélicas y desesperadas que a su vez eran vigiladas por sacerdotes y soldados que cernían cucharas vacías sobre sus cabezas. El rabino se mostró perplejo, "Es simple", le dijo Dios, "en este cuarto, como ves, han aprendido, por fin, que unas personas son más iguales que otras."

4 de junio de 2010

Discurso Orla 2010

Estimados alumnos: quiero empezar agradeciéndoles que me hayan elegido su padrino, sobre todo por darme la oportunidad de hablarles ahora.

No voy a ser breve ni claro. Ahora sí puedo extenderme a gusto así que lo voy a aprovechar. Y si durante todo el curso no he conseguido ser claro, no voy a intentarlo a estas horas.

Comenzaremos analizando en profundidad las consecuencias de la introducción de la aproximación magneto-hidrodinámica en las ecuaciones de Maxwell. Como todos ustedes saben la aproximación MHD…

Vamos, no pongan esa cara. Está bien, voy a hablarles de otra cosa. De algo mucho más importante. Voy a hablarles de la pregunta más importante en la vida de una persona. Estoy seguro que todos nos hemos preguntado alguna vez por el sentido de la vida, el porqué estamos vivos. Pasamos la vida chapoteando sin llegar a responder esa pregunta. Olvidándonos incluso de que nos la hemos planteado. Pasamos la vida simplemente viviendo, comiendo y durmiendo, riendo, llorando, estudiando, soñando, ansiando, añorando, amando y olvidando. Pero siempre, o casi siempre la pregunta está ahí debajo, sin responder. Por supuesto hay quien ya no se la plantea más, bien porque ha encontrado la respuesta, bien porque se ha resignado a no encontrarla o bien porque le aburren estas pamplinas.

Como muchos de ustedes sabrán este problema se resolvió en el autoestopista galáctico de Douglas Adams: la respuesta fue 49. El problema fue que se olvidó la pregunta cuya respuesta era precisamente ésa.

El problema no es fácil: un físico diría que es del tipo de problemas conocidos como mal planteados y mal condicionados; un matemático diría eso mismo diciendo que el problema es incompatible e indeterminado por lo que no tiene solución y además ésta no es única. Este es justo el tipo de problemas interesantes. El tipo de problemas que los físicos aprendemos a atacar. Se trata de encontrar la aproximación adecuada y añadir la información necesaria. Luego sólo falta tratar de convencer al resto del Universo de que la respuesta así construida es la buena.

Yo les quiero hablar hoy aquí de las tres respuestas que yo he ido encontrando. Estoy casi seguro de que mis respuestas no les van a servir. Quizá lo interesante es precisamente ir en busca de la propia respuesta. No lo sé. Pero por si acaso allá van.

La primera respuesta fue que la vida tenía verdadero sentido si intentábamos comprender el cómo y el porqué. De todo. De la vida y del Universo. De la personalidad y de los coleópteros. La respuesta estaba así escondida en el aprendizaje continuo. En la ciencia. En la cultura. En la búsqueda perpetua del conocimiento. Este camino nos hace sabios. Nos hace más libres, más personas. Sé que muchos de ustedes han estudiado Física persiguiendo esta empresa. Con entrega, entusiasmo, paciencia y tesón. Sé que ahora saben mejor que nadie lo que somos y lo que no; y algunos porqués y varios cómos. Esta respuesta fue importante para mi, me hizo parte de lo que soy. Pero más tarde me pareció insuficiente.

La segunda respuesta que creí verdadera fue la búsqueda, más bien diría la construcción, de la belleza. Del alma escondido de las cosas. La búsqueda del placer de gozar de la música de Haendel o de los poemas de Ángel González. De una frase hermosa o del olor del mar y las naranjas, del frescor de la brisa en una colina a la que hemos subido en bicicleta, de una cara fresca o una mirada juguetona. De un momento o una caricia. La búsqueda de la felicidad escondida en el placer de la belleza.

Analizando por qué tanto esta segunda como la primera respuesta me hacían feliz llegué a la tercera y, de momento, última respuesta definitiva. La razón de vivir, para mí, ahora, es ser feliz. Y sólo conozco una forma de serlo: estando orgulloso de mí mismo. Sé que es absurdo. Yo no soy responsable de haber leído los libros con que me he ido tropezando, como no lo soy de ser tan guapo-- mi madre y mi abuela sí que me ven así, y no tienen por qué estar equivocadas ambas— o de tener tanto pelo. Vale no soy responsable de ser como soy. Pero me quiero un montón. Soy feliz precisamente por eso. Porque estoy orgulloso de mí mismo. Estoy orgulloso de lo que sé y de lo que me pregunto. Estoy orgulloso de disfrutar de la belleza. Estoy orgulloso de ser el marido de mi esposa y el padre de mis hijos. Y, a lo que viene todo esto, estoy orgulloso de ser su profesor. Estoy orgulloso de ustedes. De conocerles y de haberles tomado cariño. Y estoy orgulloso porque son de lo mejor que he encontrado. Son inteligentes, tanto como para haberme elegido su padrino; inquietos y testarudos como para haber estudiado esta carrera, y haber soportado cada mañana los rollos a los que les hemos sometido. Y porque son simpáticos y tiernos y buena gente. Quiero por tanto agradecerles que hayan contribuido a hacerme feliz, haciéndome sentirme orgulloso de haberles dado clase. De haberles conocido. Muchas gracias. De verdad. De todo corazón.

Un abrazo y enhorabuena por haber llegado hasta aquí. Por ser como son. Enhorabuena y muchas gracias.

Coleman Hawkins - Climb Every Mountain

15 de mayo de 2013

La Felicidad

Hoy me he encontrado otra vez con la felicidad. Salí a dar mi paseo de cada tarde, llovía un poco, esa lluvia fina que no moja; en la cara me soplaba el aire fresco del final de la tarde. Encajados en los oídos los auriculares transmiten el partido Benfica Chelsey que no me interesa un pimiento. Cambio la emisora, Radio Clásica. Cruzo el puente por encima de la autopista y llego a las calles peatonales del casco histórico de La Laguna.

Cada vez camino más deprisa. Al principio no reconozco lo que suena. Luego sí, claro, es el concierto para oboe de Benedetto Marcello. Camino aún más rápido, casi corriendo y ahí, justo ahí, con la lluvia y el aire en la cara y el caminar rápido y el oboe y las calles empedradas y camino más rápido y es me empieza a llenar el pecho de esa sensación, ahí estaba esperándome, otra vez, la felicidad. Siento que se me escapa la risa por la cara, y la gene con la que me cruzo me sonríe, supongo que porque piensan que estoy loco, quizá por caminar tan rápido, quizá porque me río. Pero yo simplemente siento que sí, que soy feliz, enorme, plena, tremendamente feliz.

Jessye Norman- When I Am Laid in Earth (Purcell)

29 de julio de 2013

La felicidad de nuevo

Hace unas semanas al salir de paseo me encontré con la felicidad. No me había tomado nada. Simplemente estaba ahí, bajo la lluvia ligera y el oboe de Marcello. La he buscado de nuevo, pero no la he vuelto a ver. Pero hoy he encontrado algo parecido. Hoy cuando he salido a pasear he descubierto que os quiero, a todos vosotros, a los que conozco y llamo amigos y a los desconocidos, a todos. Os quiero porque tenéis negro oscuro el interior de la pupila y porque vuestras caricias son tan suaves como vuestro párpado deslizándose en el ojo. Por el sabor salado de vuestro sudor y porque sé que sabéis, como yo sé, que no seréis nada y porque sé que no podréis recordar que nada fuisteis. Y porque os sentís solos y sentís esa ligera angustia por creer que se os está escapando la vida entre los dedos. Pero no es así, la vida os está latiendo, lo veo cuando os miro el negro de la pupila, cuando os escucho respirar agitados, cuando os imagino dormidos, cuando sueño cómo será sentir vuestros besos. He llegado a casa deseando escribiros y deciros que os quiero, a vosotros que estáis leyendo esto, y que me gustaría abrazaros y daros besos y deciros que sí, que está bien, que no hagáis caso, que lo habéis hecho lo mejor que podíais y que repetiros de nuevo que os quiero, con todo mi yo. Sé que no me creéis, pero no importa, yo sé lo que siento y lo que quiero. También sé que quisiera atreverme a deciros eso a cada uno de vosotros, de viva voz, de viva mano y de vivo beso.

Zenet: "Soñar contigo"

29 de julio de 2014

Antonio

Antonio, 6 años, me dice esta mañana:

- Papi, yo de mayor quiero ser policía, para atrapar a los ladrones.

- ¿Ah, sí?

- Sí..., pero papi, ¿tú crees que quedarán ladrones cuando yo sea mayor?

Amor de mel, amor de fel. Christina Pluhar

1 de agosto de 2014

Carta a un amigo

Hace unos días escribí una respuesta a la carta de despedida de un amigo. Se la copio aquí.

Querido Carlos:

La vida se nos escurre sin darnos cuenta, como agua entre los dedos. Y es en momentos como éste, al leer una revisión de unos pocos años que se nos han pasado sin notar, cuando de golpe vemos que quizá la vida era simplemente eso. Ese seguir caminando para no quedarse atrás, sin pensarlo demasiado, compartiendo charlas y ratos, y dudas, recuerdos e ilusiones.

En algún rato perdido me ha dado por reflexionar cual es el sentido de la vida. De momento he concluido que no tiene ninguno en sí misma, que se trata de una mera acumulación de contingencias, de días que pasan siguiendo hábitos, costumbres y rutinas. Pero de vez en cuando, sólo de vez en cuando, encontramos un libro, una música, un familiar, o la charla de un amigo como tú, que nos hace pararnos a pensar qué diantres hacemos, qué buscamos, qué queremos. ¿Es la sabiduría, la belleza, la felicidad o la serenidad? ¿Un poco de todo eso? ¿Nada?

No sé la respuesta, es una de las cosas que me importan que no sé, pero lo que sí sé es que yo personalmente he tenido una suerte inmensa en la vida: todo me ha sido dado; la vida que me vive me ha ido dando la sabiduría necesaria para apreciar serenamente el transcurso del tiempo, el encuentro con la ilusión de amigos como tú, con tu gran sensibilidad y ternura; la vida que me vive me ha ido enseñando a perder el miedo al tiempo y a la muerte, a descubrir que todo lo que pasa es un regalo, fruto de una milagrosa acumulación de accidentes; la vida que me vive me ha ido enseñando que pase lo que pase, y pase cuando pase, lo vivido ha sido hermoso; la vida que me vive sigue enseñándome, tercamente, como dotar de hermosura lo que veo, escucho, leo y pienso, y a apreciar la amistad de gente como tú.

Un fuerte abrazo

Paolo Fresu & Uri Caine Si dolce è il tormento

4 de enero de 2015

Por qué no te vienes conmigo

Por qué no te vienes conmigo
y te pones a dar vueltas,
y a girar sin parar,
con los ojos cerrados
y la mente vacía.
Por qué no te olvidas por un rato
de ti y de mañana y de luego y de antes.
Por que no callas tu mente y te entregas a mí.
Sólo por un rato
que dure para siempre.
Te estoy esperando.
En la esquina de siempre,
ahí donde el viento borra el recuerdo.
Ese recuerdo que llevas pegado
como una segunda piel que nunca te quitas.
Desnúdate de ti, sólo por un rato.
Y vente conmigo: verás dónde te llevo.

Concerto in d minor per Archi e Cembalo RV 127: Allegro

17 de abril de 2015

No me da tiempo

¡Qué angustia! No me da tiempo, en una sola vida, sembrada de días tan breves. No me da tiempo de oír toda la música que quiero, de leer todos los libros, de estudiar los idiomas, de viajar, de hablar con vosotros, amigos míos. No me da tiempo, no me da tiempo. Quiero escribir un libro y aprender a bailar el tango. Quiero emborracharme y aprender alemán. Quiero leer a Alfonso X el Sabio y escuchar todo lo que ha interpretado Sokolov al piano. Quiero viajar a Costa Rica y a Sudáfrica. Y volver a Jerusalem. Y quiero veros reír otra vez. Y correr por la playa. Y chillar otra vez a voz en cuello bajo la lluvia, como aquella vez. Y quiero pasear bajo las estrellas y quiero darle un beso muy tierno a mi mujer y… no me da tiempo a seguir escribiéndoos…

Sokolov- Bach partita No 1, BWV 825

18 de abril de 2015

Mi relato "Años luz" ha sido premiado en la V edición del concurso de relato breve "La Ciencia y tú" organizado por el Museo de Ciencia de Valladolid. El tema tenía que ser "la luz y tú" y la extensión máxima 30 líneas. Se lo copio aquí. Y debajo el otro relato que envié.

Años luz

Hacía frío. Aurora se acercó al interruptor con el piloto rojo. Justo antes de pulsarlo le invadió el recuerdo de la noche en que oyó por primera vez la expresión "años luz".

Tendría seis o siete años. Su padre estaba enseñándole un libro con dibujos de constelaciones. Y pronunciando nombres que sonaban a héroes y gigantes, a joyas y princesas: Orión, Betelgeuse, Rigel, Bellatrix…

-Y ésta es Sirio, una estrella blanca, la más brillante del cielo. Está a diez años luz.

Al oír esas dos palabras, años luz, le invadió un sentimiento azul, fresco y veloz. Como lo que sentía el primer día de las vacaciones del verano, al tirarse de cabeza a la poza del río. A Aurora, muchas veces, se le cruzaban los sentidos, sobre todo cuando algo le producía placer: el olor del café recién hecho era para ella de color azul cobalto; el pan tostado le sabía a oro viejo; las manos ásperas de su padre cuando la llevaba al colegio eran, claramente, del color y el aroma del tabaco.

Esa noche, cuando calculó que todos estarían dormidos, salió al balcón, con las palabras años luz resonando en su mente, y trepando por el alfeizar de la ventana, llegó al tejadillo. La noche estaba fría. Se tumbó sobre las tejas y buscó un poco. Y allí estaba Orión, con sus estrellas con nombres de héroes, gigantes, joyas y princesas. Y un poco más abajo, como un fogonazo de luz con sabor nata, Sirio, con sus años luz frescos, azules y veloces. Se quedó dormida. Cuando se despertó estaba aterida, encogida sobre las tejas. La mañana siguiente la pasó en cama. Con fiebre.

Aurora pulsó el interruptor con el piloto rojo. Con un ligero crujido la compuerta de la cúpula del telescopio empezó a abrirse. Y al poco se le llenaron los ojos de luz de estrellas con olor a café y sabor a pan tostado, de luz con la aspereza de tabaco de las manos de su padre llevándola al colegio, con el azul fresco y veloz de la zambullida en el río. Con la felicidad que te inunda el pecho cuando los sueños llenos de años luz empiezan a cumplirse.

Louis Armstrong What a Wonderful World (Remastered)

Luz ¿y tú?

-- Me llamo Luz ¿y tú?

El aula era grande, con los asientos corridos y forma de anfiteatro. Me senté en la tercera fila. Olía a polvo de tiza y a muchos años de alumnos. Estaba nerviosa: era mi primer día en la facultad de Físicas, mi primer día en Madrid, mi primer día en una Residencia. Mi primer día lejos de mi padre.

Un chico se sentó cerca. Tenía la piel tersa y brillante, de color chocolate oscuro. Daban ganas de darle un mordisco. Me miró y su cara se convirtió en una enorme sonrisa. Los ojos abiertos de par en par. Murmuró algo que no entendí, pero al instante me invadió un recuerdo de la infancia.

Yo tendría seis o siete años. Mi padre me estaba haciendo, como cada mañana, las coletas altas y prietas con las que siempre me llevaba al cole.

-- Tienes un pelo muy bonito- comentó.

– Papi, ¿qué es lo más bonito que has visto nunca?

-- Verás- dijo- yo tenía 17 años cuando la conocí, al salir del instituto, en el Alto Miranda, en Santander. Tres chicas venían hacia mí, con fundas de guitarra en las manos, charlando las tres al mismo tiempo. La más bajita levantó la cara y me miró. Y toda su cara se volvió de luz. No sólo sus ojos. No. Toda su cara. Seguí caminando, absorto, y me golpeé la frente con una señal de ceda al paso. Y me quedé ahí, como un bobo, con la frente dolorida, en los oídos la risa de las chicas y en los ojos esa luz. Volví a ver esa cara irradiando luz en otras ocasiones: la primera vez que entramos corriendo en el mar; o cuando tu madre sintió mi alegría cuando me dijo que estaba embarazada; o cuando te cogió en brazos y te miró por primera y última vez, justo antes de que su cara se apagara para siempre. Tu madre irradiaba luz. Eso es lo más bonito que he visto en mi vida...

-- ¿Qué has dicho? - le pregunté al chico color chocolate.

-- Que tu cara irradia luz -me contestó- ¿Cómo te llamas?

Jascha Heifetz. Vitali Chaconne in G with Organ

8 de junio de 2015

Viento y lluvia

Viento y lluvia y ojos entre arrugas y esa tristeza salada de lágrimas que no brotan. De lágrimas como si fueran olas, que en cada reflujo parece que van a romper pero se quedan ahí, acongojando la garganta. De lágrimas como si fueran trenes que al partir entre polvo y humo arrancaran un árbol que hundiera sus raíces entre mis costillas. De lágrimas que llenándome de congoja me dejasen vacío. Vacío de ti, de mí, de vosotros.

Schindler's List Theme • John Williams & Itzhak Perlman

20 de julio de 2015

Botswana y Namibia

¡Muy buenas!

Ya estoy de vuelta por estos lares después de un mes recorriendo el norte de Botswana y Namibia a nuestro aire (mi esposa y yo en un todo terreno). No puedo mandar fotos porque desde hace unos veinte años viajo siempre sin cámara. Así no caigo en la tentación de sacar fotos en vez de mirar. Aunque tengo que reconocer que en este viaje he echado de menos una cámara un par de veces. Por ejemplo para describir el barrio de los peluqueros en Ganzi (Botswana): Una explanada polvorienta, al borde de la terminal de autobuses. Y allí, plantadas, seis o siete casetas hechas de maderas viejas, telas manchadas y plásticos rotos. En el centro de cada una, una silla de plástico llena de porquería y en las paredes, medio pegados con cinta adhesiva, recortes amarillentos de revistas o periódicos con peinados de actrices. Pero eso sí, en el exterior, en carteles pintados a brocha, nombres como: “Beauty Parlour” o “Beauty Salon and Hairdresser’s”.

O una “gran superficie” a mitad de camino entre Kamanjab y Palmwag (Namibia). Cuando digo mitad de camino me refiero a unos 100 km por un camino de tierra. En todo ese recorrido no vimos ni una casa, ni un poste de luz, ni una persona. De repente un cartel, también pintado a brocha: “General Store. Groceries. Beverages. Beers. Shop. General Dealer”, y una flecha apuntando a una bifurcación. Así que allá fuimos con el 4x4. Llegamos a una aldea de 5 o 6 cabañas de tierra y palos y en medio, rodeada por una alambrada, la tienda, de cemento y pintada de azul. Una sola habitación de unos 3 x 4 metros y de lado a lado una barra de bar. Desde la barra al techo una reja de hierro. Al otro lado, pegada a la pared una estantería con una pirámide formada por 6 latas de guisantes, al lado 5 saquitos de arroz y otros tantos de azúcar. Y a la derecha una nevera con cervezas. Eso era todo. Así que pedimos una cerveza y nos sentamos en la calle, en el borde de cemento de la tienda, a ver pasar el mundo, que en esos momentos consistía en un cabritillo balando. Al lado nuestro cuatro chicas con la piel del color del chocolate brillante y caras hermosas, alegres y vivaces, de entre 16 y 20 años, charlando en un idioma cantarín y lleno de vocales. Cada una de ellas con una botella de a litro de cerveza. Al cabo de un ratito se acercó una matrona negra, enorme, vestida de flores, con muchos refajos y delantales y un collar de perlas de plástico. Desde el otro lado de la alambrada dio unas voces, y al pronto el negrito que atendía salió del "super" con un saquito de arroz. Ella le dio unos billetes y nosotros nos acabamos la cerveza.

Al salir de la aldea vimos a un montón de zagalillos corriendo en el polvo detrás de una pelota y un poco más allá una caseta minúscula con el cartel "Mini Market". Quisimos entrar para ver que diantres podrían vender ahí pero estaba cerrada. Una lástima.

A parte de esas fotos fallidas hemos pasado cuatro semanas recorriendo un país hermosísimo. Casi vacío. Hemos atravesado el Naukub, llanuras pedregosas absolutamente planas y vacías: 200 km de llanura sin absolutamente nada, solo un camino de tierra increíblemente recto, infinito, y nuestro coche a toda velocidad, levantando una nube de polvo detrás y llenándome de un sentimiento de libertad plena, de soledad y limpieza. Detenerse en medio y no oír nada, absolutamente nada, ni moscas, ni viento.

Hemos atravesado el desierto del Namib lleno de dunas naranjas, rosas y violetas y hemos subido a cuatro patas y resbalando a un par de ellas hasta tan arriba que el coche aparcado en el borde desaparecía como un puntito en el horizonte y los Oryx nos miraban extrañados. Hemos pisado en el Dead Vlei llanuras desiertas de yeso blanco con cadáveres de árboles de pie.

Y nos hemos sentado al borde de la laguna de Walvis Bay (la bahía de las ballenas) llena de flamencos asustadizos y envidiosos, haciendo cada uno lo mismo que el de al lado y por tanto moviéndose como ondas. Y levantando el vuelo asustados y llenando el aire de destellos del rojo vivo que tienen bajo las alas.

Y nos hemos acercado en Etosha a pozas donde los elefantes se acercaban a beber, expulsando a los leones, luego reñían y se aplacaban posando con delicadeza la trompa en el interior de la boca del otro.

Y hemos visto leones comiendo una jirafa enorme y espantando a los chacales. Y a una madre rinoceronte alejando al macho para defender a su ternerito. Y macacos ruidosos con las crías colgando del vientre o sentadas a horcajadas. Y jirafas bebiendo espatarradas y cebras ruidosas y asustadizas y avestruces cautos y miles de impalas y antílopes con todo tipo de cuernos retorcidos.

Y hemos navegado en el delta del Okawango en una canoa de fondo plano –mokoro-, con un negrito bogando con un palo largo, entre juncos, pájaros de colores brillantes, cocodrilos e hipopótamos. Hemos sobrevolado el Okawango en una avioneta, y visto a los elefantes chapoteando en el pantanal.

Y hemos saludado en varios idiomas a negritos sonrientes de muchas razas –solo conseguí aprender a decir hola y adiós en varios idiomas- para olvidarlo al día siguiente. Y hemos asustado a niños harapientos que nunca habían visto algo tan feo como nosotros. Y a las mujeres Himba que van desnudas excepto por un taparrabos y con la piel pintada de un marrón rojizo por la savia de una planta con la que se untan para estar hermosas, el pelo en trenzas prietas y con pegotes de arcilla. Se dirigían a nosotros en un idioma de la familia khoisan, lleno de clicks (con fonemas como los ruidos que se hacen para animar a un caballo a que camine, y otro como el ruido que se hace chasqueando la lengua cuando reprendemos a un chiquillo).

Hemos caminado al amanecer con un guía Damara por un barranco entre montañas rojas (Brandberg o sea montaña quemada) para ver las pinturas en ocre de todo tipo de animales hechas por los San hace 6000 años.

Hemos comido impala y facoquero y orix y otros antílopes y gacelas cuyo nombre he olvidado. El mejor es el impala, de carne tersa que sabe un poco a paté. Hemos buscado leopardos pero sólo hemos visto las huellas frescas en la arena, por la mañana.

Y nos hemos empapado y sentido insignificantes en las cataratas Victoria. Y hemos añorado fumar a la orilla del rio Chobe viendo el sol ponerse, con las ranas croando y un cocodrilo deslizándose en silencio por el agua quieta.

Y nos hemos perdido muchas veces y atascado con el coche y salido con esfuerzo en varios caminos de arena.

Y hemos visto montones de crepúsculos rojos, violetas y naranjas como sólo se ven en África. Y las estrellas del sur, con Escorpio y Orión boca abajo y la Cruz del Sur. Y sentido la soledad, el silencio y la paz de un mundo que parece recién hecho. Y vacío de gente y lleno de baobabs y árboles de formas caprichosas y cortezas amarillas que se desprenden como una serpiente mudando o completamente blancos en colinas rojas. Y plantas de formas raras y todo tipo de animales y piedras y montañas de todas las texturas y colores imaginables.

<u>Nina Simone. Love me or leave me.</u>

22 de noviembre de 2015

Nostalgia

En las raras ocasiones en que me doy cuenta de que estoy vivo alternan dos sentimientos que me inundan: uno de alegría profunda e intensa y otro de nostalgia que me humedece los ojos. Y los dos me dan ganas de escribir para, tal vez, frenar los pensamientos, ordenarlos y ordenarles que dejen de cabalgar desbocados.

Ahora es la nostalgia la que puntea el Mesías de Händel que suena esta mañana de domingo de finales de noviembre. Acaba de salir el sol y hace brillar las gotas de agua prendidas en las hojas del flamboyán del patio. Y tengo ganas de llorar.

Pero ¿por qué? No lo sé. Podría mentir, no me costaría nada repetir los versos finales de un poema de Ángel González:

"[…] cerrada la esperanza, el miedo abierto

y el deseo también, y la nostalgia

de todas las mentiras que creyó cuando niño…"

De todas las mentiras que creí, cuando niño, de todas las titubeantes esperanzas, de todos los sueños que creí que eran míos.

O quizá sea la pena por no haber visto, olido, sentido y oído toda la belleza y la paz de tantos momentos que casi recuerdo ahora: la orilla del mar y las risas y los juegos, la mirada de mi padre, la dulzura de sus ásperas manos, mis hermanos corriendo por el prado, la frescura del río cuando buscábamos cangrejos, el olor y el calor de aquél establo.

Pero no creo sea ese el motivo de la agradable tristeza que me llena. ¿Pero entonces? Quizá sea la pena empapada de miedo a que se me escape la vida sin haber descubierto a tiempo el manantial de la felicidad, y cómo extraer el agua para beberlo yo o repartirlo entre vosotros, o para hacer brotar una sonrisa en tantas caras que no tienen siquiera la oportunidad de oír a Händel una mañana de domingo de noviembre.

Handel: Dixit dominus, HWV 232. Gardiner

9 de febrero de 2016

Sólo por un rato

Cállate. Deja de hablarte y escucha. Escucha sus latidos. Y el ruido que hacen al brotar las flores del almendro del patio. Este febrero en que aún recuerdas cómo brotaban las lágrimas, cómo salían a bailar con el piano de Ravel.

Cállate y escucha.

Helene Grimaud, Vladimir Jurowski- 2009- Ravel concerto in G mayor. Adagio Assai

18 de febrero de 2016

El Amor y la Ciencia

En un blog de divulgación de cuyo nombre -Dimetilsulfuro- creo acordarme, no ha mucho que leí un artículo sobre el Amor y la Ciencia. Así, con mayúsculas, que no son éstos temas de quítate ahí esas pajas.

En las últimas décadas la ciencia se ha desbocado: nos bombardea de continuo con neandertales y nanotubos, con genomas y planetas, con bosones y gravitondas. Los científicos creen que lo pueden explicar todo, desde el olor a tierra recién llovida hasta lo que es el amor.

Algunos científicos y divulgadores, como Stephen Jay Gould por ejemplo, dicen con claridad que no. Que hasta ahí podíamos llegar. Que hay competencias o magisterios separados: Que la ciencia sólo puede explicar el cómo y no el porqué o el para qué y sólo el cómo del mundo físico. Que temas como la belleza o la emoción son competencia del arte; y los otros temas, como el sentido de la vida y de la muerte o qué son el bien y el mal o la ética y la moral, ésos, los realmente importantes, ésos son competencia exclusiva de la religión.

¿Y el amor?: El amor es quizá la emoción más compleja. El amor es el deseo y el enamoramiento, es la ternura y el sentir que cuando recuerdas sus ojos los boliches de colores vuelan bajo tu ombligo y el pecho te revienta de sonrisas. No podemos reducir esto- ¿he oído reduccionismo? Cada vez que oigo esa palabra me siento como Woody Allen con Wagner, me entran ganas de invadir Polonia, que por otra parte es un país empapado en religión-- que digo, ¡que no!, ¡que no podemos reducir el amor a ecuaciones diferenciales o funciones de onda, ni siquiera a potenciales de membrana o a liberación de oxitocinas!

La verdadera reducción no la hace el científico, la hace quien considera que la ciencia se reduce a la física, la química o la biología. Porque en realidad la ciencia es mucho más que eso. La ciencia es el intento falsable de explicar todo lo que existe basado en evidencias. El arte es una narración original --con palabras o colores o imágenes o formas o sonidos- que intenta despertar emociones. La religión es una explicación infalsable de todo lo que existe y lo que no, basada en un relato. Por eso el arte no puede explicar nada; lo que puede hacer es despertar emociones. Y la religión tampoco, porque lo que intenta es encauzar los pensamientos lícitos y las lícitas emociones. No dejarlos desbocarse. Permitir solo unos pensamiento, unas emociones o unos amores.

El arte y la ciencia no son incompatibles. Las emociones no se emborronan o empobrecen por el conocimiento, se hacen más vivas. Si profundizo en una obra de Mozart o Bach, si la estudio, si la entiendo, la disfruto más, me hace sentir infinitamente más emoción. Walt Whitman pensaba que la ciencia estropeaba la poesía de un cielo estrellado. Se nota que Walt no sabía astrofísica. Porque el asombro y el misterio del poeta se torna en vértigo y en un huracán de emociones al descubrir que esa esfera de puntitos blancos, ordenados, misteriosos y fríos son en realidad mundos descomunales, caóticos y violentos, que se esconden en profundidades abismales, que estallan en infiernos y explotan, y se extienden hasta más allá del infinito y desde un siempre tan lejano y hasta un nunca tan eterno que nadie logrará evocar.

La religión y la ciencia son incompatibles. No son magisterios separados. La ciencia siempre se replantea a sí misma, siempre está dispuesta a rebatirse y a enmendarse a la luz de la evidencia. La religión, al contrario, no busca respuestas, pues ya tiene las respuestas a todas las preguntas. No se enmienda, ni corrige, ni progresa. No busca, se extasía. Por eso la religión no nos puede ayudar a entender cuál es el sentido de la vida ni qué significa el amor.

La Neurociencia y la Psicología, que son ciencias, están empezando a explicar las emociones. Los neurocientíficos y psicólogos modernos están descubriendo el porqué y el cómo del amor. Su origen como apego a la cría y a la pareja, y como altruismo para beneficiarnos a nosotros al beneficiar al próximo. Antonio Damasio, por ejemplo, ha descubierto que el amor, como todas las emociones, es una forma de representar físicamente, en el estado del cuerpo, un sentimiento. Así, cuando tenemos miedo aumenta nuestro ritmo cardiaco y segregamos adrenalina para disponernos a escapar. Pero es más, cuando en cualquier ocasión nuestro cerebro al analizar el estado del cuerpo, descubre el pulso acelerado sabe que estamos sintiendo miedo. Usamos el estado del cuerpo –las emociones- para archivar los sentimientos. Igual pasa con la vergüenza o, claro, con el amor.
Basta con leer a Antonio Damasio, Joshua Greene, Steven Pinker o Sam Harris para descubrir que la ciencia puede llegar a explicar la ética y el sentido de la vida y el olor a pan recién hecho y los boliches de colores que vuelan bajo mi ombligo y las sonrisas que me revientan el pecho, cada vez que veo tus ojos. ¿O es al revés? Quizá lo que tienen que explicar es por qué cuando te ensueño, querida mía, cada vez que rememoro tu ombligo o tus pechos, los boliches de colores se escapan volando de mis ojos y me dejan repleto de sonrisa.

Bebo Valdés & Diego El Cigala.- Lágrimas Negras

19 de abril de 2016

Andante

Cuando escucho el andante del concierto para piano número 2 de Shostakovich siento como si hubiera justo dejado de llover, las nubes aún cubriendo el cielo y esa especie de sosiego que te invade. Como si esperases algo. Como si hubiera algo que esperar, justo ahí, al otro lado de la tarde. Algo aún por descubrir al otro lado de tus silencios.
Espero con ansia verte sonreír otra vez.

Shostakovich - Piano Concerto No. 2: II. Andante

19 de julio de 2016

Los días se van

Y los días se van, resbalan en silencio de agua, y nos dejan un recuerdo tan breve, que nuestra vida, pensada siempre en futuro, parecería un fracaso. Pero tienes que saber, amigo mío, mi querida amiga, que por encima de todo estoy aquí, no lo olvides, y que te quiero, como quiero el negro de mis ojos y el resbalar ligero de mis párpados. Y que eres más linda, y tú mucho más hermoso, de lo que imaginas. Os dejo una improvisación sobre Händel, con un abrazo y media sonrisa.

Handel "Sarabande" by Gabriela Montero

20 de julio de 2016

Soñando contigo

Sé que estás hecha de mar, zanahorias y cerezas,

porque recuerdo el olor a mar de tus ojos,

el brillo de una zanahoria quebrada entre las manos de tu aliento

y escuchar cada mañana tus palabras,

como quien hunde las manos en un cesto y las saca repletas de cerezas.

Ansío dormir, por si vuelvo a soñar que nado en tus ojos,

que me como a mordiscos tu aliento,

que pruebo de dos en dos tus palabras con los labios.

Lucienne Renaudin Vary plays "María de Buenos Aires" (Piazzolla) at the OPUS KLASSIK 2021 Gala

2 de diciembre de 2016

Una oferta musical

Subí al desván de mi antigua casa. Todo era más pequeño que en mi recuerdo. En una esquina había unas cajas de cartón. En una de ellas encontré varios cuadernos de hojas amarillas. Abrí uno al azar. Con una letra redondita y a bolígrafo azul decía:

"Los recuerdos se borran calladamente. Cuando los buscas, sólo queda quizá un aroma, el vibrar de un silbido, o un goteo, o aquel calor o apenas un rescoldo de aquellas ansias. Pero si realmente somos nuestros recuerdos y éstos son tan evanescentes ¿qué somos? Siento que cada día, cada instante en que pienso, reescribo mis recuerdos para reafirmarme en mí para, de alguna manera, solidificarme o darme forma; pero no puedo ahuyentar la sensación de artificio. ¿Por qué me estoy inventando este yo? Supongo que el problema es que me reconstruyo inconscientemente, dejándome llevar por la inercia.

Sería mucho mejor que me concentrase: ¿cómo quiero ser? ¿quién quiero ser?¿cómo quiero haber sido? Puedo hacerlo, fácilmente puedo convencerme de que una vez escribí un diario, con letra redonda y reflexiones sobre mi identidad en tinta azul. Puedo convencerme de que llenaré cuadernos que finalmente abandonaré en una esquina del desván de una casa en la que viví. Puedo convencerme de que un día, muchos años después visité mi antigua casa y que subí al desván y leí esto."

J.S.Bach: Trio Sonata In C Major BWV 1037 17. Gigue [Florilegium]

20 de diciembre de 2016

El siguiente relato tiene que ir acompañado de la música ñoñita y un poco empalagosa del Himno al amor.

Salomé

Hace casi cuarenta años, tendría yo unos 17, encontré sobre mi mesa la cartera de una amiga, y dentro un papelito con un nombre y una dirección:

Salomé tal y cual, calle no sé cuantos, 13, Madrid.

Me gustó tanto el nombre que le escribí una carta. Evidentemente no recuerdo el contenido, solo el tono y algunas de las palabras que usé: esdrújula, campana, pájaros y manzanas, y sábanas y libros y Sol.

Más tarde volví a escribirle otras dos cartas.

Tiempo después, cuando yo ya no vivía en Santander, mis padres me dijeron que una chica se había pasado por casa, preguntando por mi.

Perdí su dirección y nunca llegamos a conocernos.

Reescribo como creo que sería la primera carta, si la escribiese mi yo de hoy encerrado en el cuerpo del joven -un tanto baboso- que fui, allá, una primavera de mil novecientos setenta y algo:

Salomé:

Tu nombre es tan hermoso que debería ser esdrújulo, pertenecer a la misma familia que los árboles, los pájaros y los océanos. ***Sálome, Salomé.***

Si cierro los ojos oigo el voltear de tu nombre, como una campana al amanecer de un pueblo aislado de Castilla.

Si cierro los ojos la piel bajo tu nombre es tan suave como el tacto tierno y cariñoso de la lengua sobre la yema de mis dedos.

Si cierro los ojos el olor bajo tu nombre es el del barreño azul de mi madre, cuando lo llenaba de sábanas secadas al sol; y es el olor de la cesta grande repleta de manzanas verdes; y es el olor que me invade cuando meto la nariz hasta el fondo entre las blancas piernas, abiertas, de un libro nuevo.

Si cierro los ojos, Salomé, no puedo ver el color de tu pelo, ni saber si tus ojos son de tinta, como los de aquella chica, los primeros ojos de los que me enamoré, o grandes y dulces de chocolate, como los de la que en unos años será mi mujer, o claros y limpios como los ojos de la que será, dentro de muchos años, mi querida Inés. Pero, si cierro los ojos, sabré que suenas a campanas y eres de la familia de los pájaros, los árboles y los océanos; y que tu piel es tan suave como la ternura de una lengua; y que hueles a sábanas y a Sol, y a manzanas verdes y a libros nuevos.

Edith Piaf – Hymne à l'amour

5 de enero de 2017

El arte de amargarse la vida

El filósofo Robert Spaemann menciona una historia judía en la que un hijo manifiesta a su padre su deseo de casarse con la señorita Katz. "El padre se opone, porque la señorita Katz no aporta nada. El hijo replica que solo será feliz si se casa con la señorita Katz. El padre contesta: ¿Y de qué te servirá ser feliz?"

El arte de amargarse la vida (Paul Watzlawick)

Petite Fleur- Jill Barber

3 de febrero de 2017

Enamorarse de nuevo

Hay veces, cuando escucho cierta música, que vuelvo a enamorarme, de mí y de ella y de la vida y de estar vivo . Lo sé porque siento de nuevo ese temblor y esa nostalgia y esos latidos y esas ganas de correr y chillar, de saltar y de llorar.

De golpe vuelvo a ser totalmente feliz, agradecido a todo y todos y con ganas de querer.

Me está pasando con el disco *Les regrets inutiles* de Nara Noïan que estoy escuchado ahora mismo en spotify. Les pongo un link de youtube de una canción cualquiera del disco, pero me gustan todas, como las chicas.

Je sais, Nara Noïan

6 de marzo de 2017

Indiferencia

El otro día te vi caminar sin que me vieras: la cara erguida al sol, el paso rápido y el movimiento de tu piel bajo la ropa elástico y sugerente como el de un guepardo cuando se acerca silencioso a la cría de antílope. Caminabas por el gusto de hacerlo, no ibas ni venías, ni siquiera paseabas: caminabas porque estabas viva, viva como el mirlo que salta por las mañanas frente a mi ventana, viva como las flores del almendro. Caminabas indiferente al tiempo y al dolor, indiferente a la brevedad de la vida y a la injusticia. Indiferente a mi mirada, indiferente a mi repentino e imposible amor.

L'Indifference - Cafe Accordion Orch

9 de marzo de 2017

Carta a mi prima

Hola primita:

Me dices: "Me encantaría parecerme a la mujer de tu relato. Sensual, joven y sentirme deseada"

¡Y a quién no, querida mía! Yo me miro, a punto de cumplir los 57, y no entiendo cómo se me ha pasado la vida. Sin darme cuenta. Era un chiquillo y ahora estoy cerca de los 60. ¿Cómo ha podido ocurrir? Me creía eterno y se me ha escurrido la vida como el agua entre las manos. Pero, si lo pienso un poco más despacio, me doy cuenta de que yo de joven era un completo estúpido. Estaba angustiado, desnortado y un poco asustado. Ahora sé apreciar la vida, ahora he aprendido –casi- a vivir. Pero sobre todo he aprendido una cosa: a abrir los ojos, y mirar el paisaje más hermoso que existe: a mirar dentro de la gente. Aunque de vez en cuando se me olvide. Como se me olvida vivir. Lo bueno sería poder retroceder 40 años, pero con el conocimiento de la vida que tengo ahora.

Hace cosa de un año me hice voluntario de la Cruz Roja: doy clases de español a inmigrantes y visito a una anciana que está muy solita. Se llama doña Juana y es un cielo. Hace seis días, el 3 de marzo, cumplió 90 años. Se pasa el día suspirando por la vida que se le ha escapado. A mí me ve como a un niño: su novio jovencito, me llama, y presume de mí cuando de paseo nos encontramos con alguna vecina. Y claro, siempre me dice: ¡Ay, quien tuviera tus años! ¡Lo que daría yo por poder cumplir los 60!¡Con lo que yo era, llena de vida y de ganas de vivir, y mírame ahora, que ya no sirvo ni para hacer una tortilla! Pero la verdad es que está estupenda, llena de pequeños achaques, muy sola y repleta de tantos recuerdos que no la dejan vivir. Vive vuelta hacia el pasado. Y yo me veo, mirando hacia mi pasado, sin ver mi presente o mi futuro y me planteo: ¿no estaré cometiendo el mismo error de apreciación que doña Juana? No estaré dejando pasar sin vivir unos años, a los que miraré con nostalgia dentro de 30? ¿No debería abrir los ojos y los brazos y la boca y correr y pasear y oler y disfrutar, ahora que todavía puedo?

El martes pasado tuve unas horas libres en Madrid y me acerqué al Museo Arqueológico. Estuve un par de horas deambulando por las salas llenas de cruces y sarcófagos, imágenes y pórticos de iglesia. Pero quizá lo que más me llamó la atención fueron dos mujeres en piedra: la Dama de Elche y Livia. Livia es de mármol y fue la esposa de Augusto, el primer emperador romano, allá por el año 20 antes de Cristo. La Dama de Elche es de piedra caliza blanca y es del siglo IV o V antes de Cristo. Nadie sabe quién fue. Pero ambas fueron muy hermosas, de rasgos delicados pero fuertes. Elegantes, sensibles, sutiles y complejos. Estoy seguro de que fueron capaces de amar y de que se les escapó la vida entre las manos, sin darse cuenta, sin aprovecharla. Y hora son piedra.

El otro día un amigo escribió en Facebook:

"¿Cuántas veces creemos ver Dulcineas en lo que no son sino Aldonzas de poca monta?"

Refiriéndose a que muchas veces al mirar a una mujer – aunque igualmente podría ser a un hombre- nos ciega nuestra ilusión, como a Don Quijote, y la vemos maravillosa, y como dices tú, la vemos sensual y joven, y completamente perfecta y la deseamos, cuando en realidad lo que esconde es una mujer vulgar, pueblerina y sin interés, como se podría suponer que fue la verdadera Aldonza Lorenzo que idealizó don Quijote.

Yo le contesté esto:

No estoy de acuerdo contigo, Luis: No existen Aldonzas de poca monta. Todas las mujeres son hermosas, todas son Dulcineas. No existe nadie, absolutamente nadie de poca monta. Las personas son como no les ha quedado más remedio que ser, fruto de las vicisitudes y los genes, fruto de los encuentros y los sinsabores. Pero dado que todos, absolutamente todos los que estamos vivos, somos el resultado de una exitosa historia de antepasados, todos, insisto, somos de una hermosura que nos cegaría si tuviésemos los ojos abiertos. A veces, temporalmente, cuando nos enamoramos, abrimos los ojos y vemos a la verdadera Dulcinea que esconde toda mujer (y todo hombre, aunque ellas son más complejas y sutiles, más bellas, y más dulces, y más sensibles, y más tiernas, y maravillosas. Son más capaces de amar). Todas. Absolutamente todas. Abre los ojos, Luis. Enamórate.

Y se lo dije de corazón, porque de verdad lo creo. Cuando nos miramos nunca nos hacemos justicia. Sólo nos hace justicia quien se enamora de nosotros y nos mira con los ojos brillantes de emoción y deseo. Claro que sería estupendo volver a sentirse deseado. Pero sólo porque en ese momento alguien nos estaría haciendo justicia. Porque nos estaría viendo, no como un espejismo, sino como en realidad somos. La larga historia de nuestros antepasados ha diseñado en nosotros seres sutiles y complejos, con una enorme sensibilidad y sobre todo, con lo más asombroso, con la capacidad de amar. Toda persona es, por dentro, realmente así: bella. Hasta quien nos parece un ser tosco o un bruto esconde dentro la capacidad de querer, aunque haya olvidado como se usa, aunque haya olvidado incluso como quererse.

Primita, acabo de ver una foto tuya en Facebook, una en la que estás sentada en un banco. Estás muy maja: se te ve sensible, tierna y soñadora. Escondes dentro de ti a todas las Livias, a todas las Damas de Elche y a todas las Dulcineas. No me cabe ninguna duda de que si te conociera mejor vería la maravilla que encierras, esa que ni tu misma ves, porque no te haces justicia. Porque se te está olvidando enamorarte de ti misma.

Un fuerte abrazo,

Tu primo Basilio

Daniil Trifonov- Bach: Contrapunctus 14, BWV 1080, 19 (Compl. By Trifonov)

24 de marzo de 2017

El piano

El piano desgrana las notas como un reloj: cada una un latido, perfume hecho de tiempo y del brillo de tus ojos, perfume del beso de tu mano en mi piel; cada nota un trozo de la vida que el tiempo nos arranca , como quien arranca una planta, dejando raíces al aire, soltando la tierra al morir, un trozo de vida que no volverá, como no lo hará el brillo de tus ojos, como no lo hará el beso de tu mano en mi piel.

"MI VENEZUELA LLORA". Improvisation by Gabriela Montero, 2010.

21 de abril de 2017

Bachiana Brasileira nº 5

Es dulce como un mazapán, como una torrija de miel. Un poco empalagosa, pero tan evocadora. Tan tierna y mimosa. Tan llorona. En cuanto suena, Villalobos me hace sentir, inmediatamente, nostalgia. Nostalgia de lo que pude haber sido y quizá no fui.

De todo aquello que quizá no ocurrió como lo ensueño. Nostalgia de ver cómo me mirabas. De acariciarte cuando me acariciabas. De pasear contigo sobre la arena húmeda. Nostalgia de aquellas lágrimas, de aquellas largas noches. De las fresas con nata y de aquella cama que tantas veces deshicimos a escondidas en aquél hostal. De los paseos por el bosque. De aquellos caballos, de la mirada de adoración de nuestros niños, tan pequeños, tan tiernamente pequeños. Con sus manos con los nudillos como hoyuelos.

Pero también nostalgia del futuro, del que ya no tendré, del que me espera.

Bachianas brasileiras no.5 Aria (Cantilena) [Heitor Villa-Lobos] - Jian Wang & Göran Söllscher

1 de junio de 2017

Lux Perpetua

Requiem æternam dona eis, Domine, et lux perpetua luceat eis (Concédeles el descanso eterno, Señor, y que brille para ellos la luz perpetua)

Nunca vi la vida como una lucha incesante, una fatiga de la que se descansa en la muerte, un valle de lágrimas, o un sufrimiento continuo. Quizá he nacido sin ambición. Nunca he tenido que luchar por nada. Lo tengo todo. Creo que siempre lo he tenido, pero es ahora cuando veo que no necesito nada. Tengo cada amanecer y el ruido de las hojas en el viento, tengo la luz en los ojos de ella y su sonrisa. Tengo una mano en la mia y, a veces, ganas de llorar. Tengo la certeza de que voy a morir y la brevedad de la vida hace precioso cada instante ¿Se puede desear más? Abro los ojos en la noche y se me llenan de estrellas o de lluvia: Me siento un momento al sol bajo un árbol y un pájaro naranja salta entre las hojas y me acuerdo de mi padre llevándome de excursión por el monte, de mi madre leyéndonos un libro. Y si abro una naranja es fresca y brillante y dulce en la boca. Y tengo todo un mundo lleno de clarinetes y trompetas, de guitarras y de versos, de pianos y canciones. Y os tengo a vosotros, queridos amigos. ¿Se puede desear más?

Khooneye Ma - Marjan Farsad خونه ی ما - مرجان فرساد

From the album Blue Flowers

18 de julio de 2017

E lucevan le stelle

Poco antes del amanecer la celda está oscura y huele a humedad.

Sabe que el verdugo vendrá a buscarle al salir el Sol:

Le quedan apenas unos momentos de vida y ahora es cuando se da cuenta de cuánto ama la vida.

Cierra los ojos y ve lucir las estrellas, brillantes sobre el negro profundo , y huele la vida palpitante en la tierra húmeda, y ahí, escondido bajo un clarinete, escucha chirriar la verja del jardín y los dulces pasos de ella susurrando en la arena.

Ahoga un sollozo y siente en los labios la boca de ella, saliva en la lengua y en las manos la infinita dulzura de su piel. Ve como se desliza su camisa y tiembla. Tiembla como un álamo al viento. ¡Dios mío, cuánto ama la vida!

Jonas Kaufmann - E lucevan le stelle

22 de julio de 2017

Vindens Glemte Sange

(Canción del viento olvidado)

El bar se ha quedado vacío y el camarero dormita en una esquina. Me he acabado la quinta cerveza, llueve en la noche y en mi pecho, y no consigo apartar tus ojos de mi mente. Busco tu cara en el fondo del vaso y tu recuerdo me duele. ¿Cómo te dejé marchar? ¿Cómo dejé que se perdiera tu voz y tu sonrisa de hada buena? Ahora te busco sin cesar en los columpios vacíos y entre las hojas secas que arrastra un viento que parece que se ha olvidado de la gracia con la que te mueves.

Vindens Glemte Sange

Vindens Glemte Sange by Sebastian - Year of production 2017

23 de agosto de 2017

El eclipse

Ayer por la mañana vi en directo el eclipse americano, desde un pequeño cementerio en lo alto de una colina en Idaho.
Ha sido mi primera vez: mi desvirgado de eclipses totales.
Como todo desvirgamiento, todo ha sido emocionante, extraño, y completamente diferente a lo que esperaba.
Por una parte, el Sol, a simple vista es mucho más pequeño que en la fotos, y la sensibilidad y resolución del ojo es baja, por lo que la imagen no es tan rica como la de las fotografías. Pero durante la hora previa vas sintiendo como refresca la mañana, hasta hacer casi frío a las doce del mediodía, mientras con las gafas esas, medio marcianas, vas viendo como el Sol, algo enano y naranja, va siendo devorado por una Luna negra.
Cuando sólo queda un punto naranja te quitas la gafas y aparece ahí, en medio del cielo, un disco negro rodeado de una corona estática,irregular pero blanca y brillante como la luna llena, y los gritos entusiasmados de los gringuitos de alrededor contribuyen a contagiarte una emoción intensa. No llega a hacerse de noche porque el horizonte está brillante aunque el zenit está oscuro, con Venus y alguna estrella. A los dos minutos aparece de nuevo un punto brillante y te vuelves a poner las gafas marcianas y se revierte el proceso mientras caminas junto a la tumba de un tal John F. Kusak veterano de la segunda guerra mundial y de la de su hijo John F. Kusak Jr. veterano de Vietnam, con sus banderitas americanas a los lados, y un gato cursi de porcelana.
La noche anterior dormimos -lo intentamos- en el coche, en compañía de un centenar de coches, en una pradera cuyo dueño había montado un chiringuito con salchichas y cervezas. Incluso contrató a un grupo de músicos:

contrabajo, violín, guitarra eléctrica y cantante panzón, que sentado en una silla estuvo un par de horas cantando con esa mezcla de desgana y abulia típica del country. Una pareja madura bailaba delante.

Aparentemente lo más exótico de la fiesta éramos nosotros, todo el mundo se acercaba a conocer a los españoles, a charlar un poquito con nosotros y a contarnos cuando estuvieron en Barcelona o en Granada, e incluso en Tenerife. O de las ganas que tenían de visitar España.

En general los americanos son mucho más afables que los europeos, y más cordiales y curiosos. Y parecen más felices. O es impresión mía. Una experiencia muy interesante.

Hoy estamos en Idaho Falls y mañana por la mañanita salimos hacia Teton y Yellowstone.

Sturgill Simpson- Breakers Roar

21 de septiembre de 2017

Frankl

El domingo por la noche regresé a casa del viaje por Trump-landia –ya les aburriré con historias de abuelete- y mi preciosa hija (¡Pero qué bonita es, leches!), que había pasado por Tenerife, me había dejado sobre la mesita de noche un par de libros de regalo: "El hombre en busca de sentido" de V. Frankl y "Teoría de la creatividad" de J. Wagensberg. Me he leído el primero: un clásico de psicología muy fácil de leer y muy recomendable. Entresaco una frase:

"Actúa como si vivieras por segunda vez y la primera lo hubieras hecho tan desacertadamente como estás a punto de hacerlo ahora".

Evidentemente no estoy de acuerdo, pues alguien que está enamorado de sí mismo, como yo, nunca –bueeeeno, casi nunca- está a punto de hacer algo desacertado. Pero es muy interesante el plantearse que estás viviendo por segunda vez, y qué puedes hacer para optimizar tu comportamiento. También es muy interesante el enfoque de Frankl (el lo llama el principio básico de la logoterapia) de que debemos vivir con el objeto de encontrar –no buscar o construir, sino encontrar- el sentido que la vida tiene para cada uno de nosotros. Y que está ahí, fuera de nosotros, puede que en el amar a alguien o en crear algo, o en dignificar el sufrimiento inevitable –como le pasó a él que estuvo en cuatro campos de concentración nazis. Frankl opina que no debemos vivir buscando la felicidad sino el sentido de la vida: Interesante. Yo desde hace algún tiempo he tratado de vivir según un principio de ética utilitaria: tratar de maximizar la felicidad global. Es decir la mía, la de nosotros y la de ellos. Quizá sea compatible. Quizá ser realmente feliz consista precisamente en vivir una vida con sentido. O al revés, quizá el sentido que le he encontrado a mi vida sea precisamente maximizar la felicidad y que eso me hace sentirme así de bien. O quizá no es nada de eso y que simplemente he caído en un enamoramiento enfermizo de mi mismo. Y soy correspondido. A ver si se me pasa pronto, que esto parece un mal de adolescente. Un fuerte abrazo a "ebribodi" (que los tengo muy abandonados).

Les guiño un ojo, mando un beso a las muchachas, y les dejo con un clásico lloroncete que estoy escuchando ahora mismo:

Barber: Adagio for Strings

11 de octubre de 2017

Cataluña y el Zeitgeist

No nací catalán. Nací en un valle de Cantabria, entre vacas, prados verdes, lluvia y montañas calcáreas. Mi padre es castellano y mi madre pasiega. No soy nacionalista, de ninguna patria. Creo que aprender a ser persona consiste en superar el animal que llevamos dentro. El animal egoísta que quiere lo mejor sólo para sí y para los suyos. El animal altruista sólo con su tribu o su patria. Aprender a desear el bien de los demás, de los diferentes, de los que han nacido al otro lado del mar, de ese rio o de aquella montaña, de aquellos que no hablan, ríen, visten o comen como nosotros. Aceptarlos como a los nuestros y compartirlo todo con ellos, aunque nos perjudique a nosotros, que vivimos tan bien. Pero no estoy sólo en este deseo: de hecho éste es el Zeitgeist, el espíritu de los tiempos, que sopla con fuerza y que nadie podrá detener. No hace mucho se veía con naturalidad la guerra, la esclavitud, el machismo, la tortura animal o el nacionalismo. Pero el progreso, lento, imparable, va empapando de ética nuestras mentes de mamífero.

Hace unas semanas paseaba con mis hijos por Nueva York: visitamos, cómo no, Strawberry Fields, el homenaje a John Lenon, un pequeño mosaico circular de losetas blancas y negras en una esquina de Central Park, con la palabra Imagine en el centro. Y pétalos frescos y gente, mucha gente. Algunos tarareando:

Imagine there's no heaven [...]

Imagine there is no countries

It isn't hard to do
Nothing to kill or die for [...]
You may say I'm a dreamer
But I'm not the only one
I hope someday you'll join us
And the world will live as one.

Hace ocho años, antes de la guerra Siria, visité Hama, una hermosa ciudad con enormes norias de madera de la época bizantina. Quizá la ciudad que más ha sufrido a lo largo de la historia, en los últimos años por ser la patria chica de los Hermanos Musulmanes. Recuerdo pasear por un parque de Hama una mañana soleada, y ver a matrimonios jóvenes con sillas de bebé, a ancianos sesteando, a parejas de novios mirándose embobados. Recuerdo pensar que, siendo en apariencia tan diferentes, los sirios tenían exactamente los mismos deseos y aspiraciones que nosotros: perseguir palomas sin querer alcanzarlas, disfrutar del sol y los amigos, encontrar trabajo, formar una familia, ver crecer a los hijos, sentirse orgullosos de los nietos. Exactamente igual que nosotros. Separados de nosotros por fronteras, religiones, patrias y banderas. Pero con los mismos deseos, con las mismas ansias e ilusiones. Ahora Hama está prácticamente destruida.

No sólo no necesitamos una patria para ser personas. Al contrario, para ser realmente personas tenemos que aprender a superar el instinto tribal, a salir del cálido refugio tapizado de banderas, del escondite de la identidad nacional, y salir a la calle y abrazar al otro.

Si una mayoría de catalanes siguen aún resistiéndose al espíritu de los tiempos, si sienten que para ser personas tienen que declararse catalanes-no-españoles y envolverse en himnos y banderas, me parece muy bien, que lo hagan. En cualquier caso durará poco, en unos años las naciones serán barridas por el espíritu de los tiempos, por el progreso de la ética, por la superación del instinto animal que nos impulsa a construir una identidad por oposición a los otros, para protegernos, orgullosos del grupo, de los otros. Durará poco.

Primero habría que saber sin son realmente una mayoría. Pero si lo fueran, deberíamos intentar que este breve paréntesis de nacionalismo atávico y visceral fuera lo menos traumático posible. Que no conllevase la ruina económica de Cataluña que supondría romper los lazos comerciales con el resto de España y salir de Europa. No pasa nada, podemos concederles sus banderas con barras y una estrella, podemos dejarles que se sientan no españoles, pero no arruinarles la vida.

No nací catalán, pero tendría trece o catorce años cuando mi hermana mayor compró su primer vinilo: I si canto trist, de Lluis Llach. Luego vendrían Viatge a Ítaca, Campanades a morts y vendrían también Maria del Mar Bonet, Raimon o Pi de la Serra. No puedo arrancar de mi alma lo que se fue construyendo tarde a tarde, bajo la lluvia de Santander, mientras aprendía a decir ocells, carrer, tendresa, estels, enyor o matinada –pájaros, calle, ternura, estrellas, nostalgia o mañana. La tristeza dulce, las vocales sutiles del catalán, la sensibilidad de sus poemas, lo mejor de mí, la parte más sensible, esa que está ahí, acurrucada, sigue cantando esas canciones, paladeando esa dulzura.

LLUIS LLACH – LAURA

22 de diciembre de 2017

El disfraz

El viento mece el árbol delante de mi ventana y me siento triste. Hoy, como cada mañana, al salir de la cama me he disfrazado de mí y he empezado a actuar como siempre, en el papel que tan bien me sé. En ese papel que el tiempo ha ido escribiendo con encuentros y caricias, con sueños y pequeñas decepciones, con viajes y lluvias, con muchos libros y música. Con algún descubrimiento y muchos ratos de euforia, con el pecho tantas veces lleno de vibrante alegría. Pero a ratos con esta tristeza de hojas secas de origen desconocido.

Sé que seguiré con esta actuación, porque no sé hacer otra cosa, pero soy consciente del artificio. Siento ansias de algo absoluto mientras chapoteo en lo cotidiano. No es angustia, es más bien nostalgia, quizá de lo que no soy, quizá de lo que no sé. Y el tiempo, líquido, fluye entre mis dedos como el viento en las hojas del árbol frente a mi ventana, pero va dejando sobre mí un poso de polvo dulce. Un poso de serenidad. No sé nada. No soy nada. Pero esas nadas se van cubriendo de un polvo amarillo y sereno.

Les dejo con una cancioncilla del tacón de Italia, y les deseo unas muy felices fiestas con un abrazo muy fuerte.

Canzoniere Grecanico Salentino- Beddhra ci dormi

2 de enero de 2018

Orfeo Chamán

"Nuestra vida es tan breve como el aroma del vino que enardece los sentidos y nos arrulla los sueños"

El viejo está sentado sobre un tronco a la puerta de la cabaña. Su barba verde de musgo, los ojos soñadores de lluvia lenta y hojas muertas. Al despertar del ligero sueño la ha encontrado, por fin. El viejo sonríe. Vuelve a llover suavemente sobre su calva dorada y sus mejillas de papel arrugado. Huele la tierra mojada, envuelta en croar de ranas, y aspira profundamente y el pecho vuelve a llenársele de alegría, espléndida y limpia y, al mismo tiempo que sonríe, la cara se le moja de lágrimas que se confunden con la lluvia. Ha gastado sus años buscando a Eurídice. La ha buscado a tientas durante toda su vida en esa especie de infierno construido de ignorancia y malentendidos. Todos los diablos comportándose como si supieran las respuestas, imponiendo reglas y falsas explicaciones. Todos los condenados sufriendo de ignorancia, creyendo conocerlo todo, creyendo perseguir sueños que ni siquiera eran suyos.
En realidad nunca encontró a Eurídice, aunque la soñó tantas noches que podría dibujarla en la arena con una rama, en el aire con sus manos nudosas. Y ahora, cuando las piernas apenas le sostienen, acaba de descubrir dónde está. Dónde ha estado siempre. Escondida en mitad de su pecho. Ahora, cuando ya no le queda tiempo, acaba de descubrir lo que significan las Eurídices. Que pena haber perdido la vida buscándola entre la gente y las guitarras cuando la tenía tan cerca. Que alegría sentirla tan cerca. El viejo cierra los ojos mojados y descansa. Nunca ha estado tan vivo ahora que muere, sonriendo, sentado bajo la lluvia lenta en un tronco a la puerta de la cabaña.
Orfeo Chaman: Christina Pluhar, L'Arpeggiata, Nahuel Pennisi (O Eterno)

4 de enero de 2018

Carta a tu hijo.

En lugar de escribir una carta a los Magos de Oriente, pidiendo regalos, aprovecho que estás en Tokio, o sea en Oriente, para escribirle una carta al hijo que esperas. Una larga carta ofreciéndole regalos en forma de palabras. Voy a jugar a que tu hijo la lee ya de mayor. A que entiende lo que le digo, porque seguro que todo - y muchísimo más- se lo habrás dicho ya tú con tus palabras y tus gestos. Con tu atención constante y tu ternura.

Querido hijo de Carlos:
Soy Basilio, un buen amigo de tu padre. Me atrevo a escribirte en la víspera del día de Reyes del año en que vas a nacer porque siento que necesito acabar conversaciones que inicié con tu padre, decirte a ti, porque vas a ser tan joven, las cosas que no me atreví, que no me atrevo a decirle a él.
No sé si vas a ser niño o niña. Y no me importa en absoluto. Pero curiosamente es lo primero que va a preguntar todo el mundo: ¿qué fue? Como si fuera de vital importancia, como si tu madre en vez de una futura personita hubiera parido seres tan diferentes como un lobo o una mariposa. Y desde el primer día todos te van a tratar de forma diferente. Van a exigirte que seas lobo: valiente y violento, rudo, duro, y activo, o mariposa: dulce y delicada, tierna, sensible y elegante. Te van a tratar de forma diferente si eres alto, musculoso y con barbilla prominente o todo lo contrario, y por supuesto, si eres chica, serás mejor tratada, te considerarán mejor persona, si tienes la cara simétrica y los ojos grandes, o si tienes voluminosos los labios, el pecho o las nalgas. Te va a costar media vida, tres cuartos si eres mujer, que te valoren como persona. Vas a tener que luchar contra la tradición y la cultura del mundo. Tienes suerte de

nacer de padres inteligentes, sensibles, buenos y libres, pero yo, que también tuve unos padres así, he tenido que gastar muchos años, y eso que soy hombre, para aprender a quererme por lo que soy, por como soy.
Vas a nacer en un mundo donde todos se comportan como si supieran cómo vivir. Pero la mayoría no tiene ni idea. Viven buscando un gato negro, con los ojos vendados, en un sótano oscuro en el que no está. Palpando el suelo con un bastón. A ese gato lo llaman "el sentido de la vida" y lo buscan a tientas, durante toda su vida. O persiguen, palpando el espacio vacío, o dando palos al aire, sueños que creen que son suyos. Pero voy ser claro, esos sueños no son reales y ese gato no existe. Ni en el sótano ni en la calle. Nadie puede encontrar el sentido de la vida porque la vida no tiene sentido. A la venda de los ojos la llaman religión – luego te cuento qué es eso- y al paseo interminable por el sótano oscuro lo llaman vida.
Pero la vida es otra cosa. Y aunque no tenga sentido puedes vivir de forma que dotes a tu vida de sentido. Y eso es lo que te voy a contar. La forma que yo he encontrado de hacerlo. La forma de salir del sótano y abrir los ojos de par en par y mirar la hierba verde, el profundo azul del cielo y los ojos abiertos de los demás.
Voy a empezar por contarte qué es la vida. Luego te contaré cómo no vivir vendado, y cómo lograr dotar a la vida de belleza y de sentido. Porque la vida no es un valle de lágrimas, ni arrastrar montaña arriba una roca enorme que vuelve a caer, una y otra vez, ni es una angustia vana, ni es caminar a ciegas por un sótano oscuro.
La vida es gozar de los sentidos, es hacer castillos de arena en la playa y pasear de la mano de tu padre a la orilla del mar, es sentir la mirada de tu madre y escuchar como te habla. Es oler las flores y zambullirte en el río y saltar las olas. Es bañarse en el mar de noche, bajo la luna llena. Es pasear bajo los árboles y entre rocas en la montaña. Es comer moras y naranjas. Es correr y saltar con los amigos y

disfrutar del juego. Es tener un perro. Es mirar las estrellas inmutables, silenciosas, eternas. Es entrar en cuevas. Es gozar con el viento y gritar a todo pulmón bajo la lluvia. Es sobrecogerse y vibrar con la música. Es danzar. Es soñar despierto. Es mirar a los ojos de la gente y escuchar como ríen. Es tocar sus manos, su piel y abrazar y que te abracen, mil veces. Es enamorarte y disfrutar de tu cuerpo, de las caricias y de los ojos brillantes, de otra piel, de una boca húmeda en la tuya, de abrazos con toda el alma y sollozos atragantados. Es aprender a llorar, de tristeza y de ternura. Es cocinar y comer y beber vino. Es cantar ópera en la ducha. Es tener un hijo. Es enseñarle a vivir. Es llevar a tu hijo de la mano, a la orilla del mar y enseñarle a montar en bicicleta y a nadar. Es hablar a tu hijo y sentir como te escucha. Con los ojos como platos. Es mirarle a los ojos con tus ojos de madre y abrazarle, tan fuerte que quisieras metértelo dentro. Es hablar largo y tendido con tu amigo. De literatura y de filosofía, de la vida, del amor y de la muerte. Es decir tantas cosas y quedarse con tantas a medio decir, atravesadas en la garganta, medio escondidas detrás de una vergüenza pequeña o de un sollozo joven. Es escribirle esta carta al hijo de tu amigo.

Y la vida son los libros. Porque en los libros vas a encontrar otras vidas. Contadas con tal precisión que creerás que has vivido mil veces, en mil épocas y mil países. Que has sido pirata, y que te has perdido en la selva. Que has muerto de sed en el desierto y te has perdido en el mercado repleto de mil olores. Que has corrido con los lobos. Que has viajado a las estrellas y te has enamorado mil veces. Que te han abandonado. Que has volado en un dragón. Que has viajado a mil paisajes. Que has alanceado molinos, reventado odres y soñado que enderezabas entuertos. Que has encontrado tesoros. Que has sido traidor, verdugo, misionero, seductor y soñador. Y que has sido valiente y cobarde, que has muerto mil veces y que has perdido mil batallas. Que has parido mil hijos. Y que has sido científico, cantante e inventora. Y poeta. Que has resistido el canto de las sirenas y de los comedores de loto que querían que te olvidases de vivir, que te olvidases de Ítaca.

Y la vida es crear, con palabras y con gestos, con música y con colores. Sentir como brota en ti la imaginación, como surgen las ideas, frescas, ricas y pujantes. Y disfrutar de la belleza de un arco, de una melodía, de un gesto, de una mirada, de una voz, de una imagen, de un poema.

Y la vida es preguntarse mil cosas y buscar dos mil respuestas. Y la vida es estudiar y aprender lo que miles de personas han descubierto para ti: Cómo vuelan las aves, cómo se sostiene el arco de piedra, cómo era el diplodocus, cómo vivía el neandertal, como se inició el mundo, dónde está escondido el cuarzo, cómo erupciona el volcán, cómo construir el tren, cómo fabricar el vino, como extraer el perfume de la rosa, cómo jugar con los números, cómo pintar una elipse, cómo escribir un verso, cómo danzan las abejas, por qué son felices los pájaros cuando cantan, por qué huele el mar, por qué son hermosas las flores, cómo nacen las estrellas, y cómo mueren. Y cómo aparece una idea. Y cómo late un corazón.

Y la vida es enseñar lo que has aprendido. Y dar.

¿Qué es eso de la venda en los ojos? Tengo la osadía de clasificar las religiones mayoritarias en tres grupos, no necesariamente disjuntos: Las que dicen que hay dioses, las que dicen que existe el espíritu, y los totalitarismos. Cada grupo tiene mil sectas, cada secta cree tener la razón absoluta. Ser poseedores de la verdad. Que no se discute. No se critica. Se respeta y se vive según su doctrina. Según su relato. Con los ojos vendados con la venda de su color.

Las religiones con dioses con más adeptos son el hinduismo y las religiones del Libro. El hinduismo, con sus mil dioses infantiles, caprichosos y terribles, con su racismo y sus castas, con sus historias antiguas y ridículas y sus ritos crueles, es una religión antigua, de personas que vivían en valles fértiles y diseñaron un panteón a su imagen y

semejanza, es decir con comportamientos de gentes incultas, ciegas, toscas, racistas y crueles.
Las religiones del Libro, los cristianos, los judíos y los musulmanes, se creen pueblos elegidos. Nacen en pueblos que viven en desiertos y zonas áridas. Con un único dios, varón, dominante, poderoso y cruel. Son terriblemente machistas. La mujer no es nada. En casi todas las versiones te dicen que esta vida, la vida, es un simple paso a otra. Que te resignes. Que al fin y al cabo esto es transitorio y que te espera la vida eterna. Te exigen que te comportes siguiendo normas estrictas. Huyendo de todo placer, porque el placer es pecado. Porque vivir es pecado. Con una terrible obsesión con el sexo. Eres culpable por sentir. Eres culpable por gozar. Eres culpable por vivir. Quieren que vivas con los ojos vendados. Siguiendo normas que no se discuten. Porque así está escrito. Lo que es bueno lo es porque lo dice dios. Aunque sea la esclavitud, la guerra o el sufrimiento de las mujeres. O que existan criados y siervos de los poderosos. Porque estas religiones del Libro, salvo muy minoritarias excepciones, siempre están al lado de los ricos, al lado del poder. En realidad te dicen que eres culpable de ser como eres, y que dios en su infinita bondad ha creado personas mejores, y peores, personas que se merecen ser ricos y seres que solo se merecen ser pobres. O mujeres. Hay algunas excepciones, al menos entre los cristianos, aunque seguro que también entre los otros. Fieles que se comportan con altruismo, que de forma soterrada no siguen la doctrina, no aceptan la jerarquía. Algunas de estas excepciones, como mis propios padres, como algunos buenos amigos, se creen cristianos, pero en realidad, si profundizas un poco son tan ateos como yo. Pero no lo saben.
Las religiones que creen en el espíritu, como el budismo, presuponen que la consciencia es la causa de la angustia y el sinsabor de la vida. Que puedes acceder a un nivel superior acallando la voz de la consciencia, usando la

meditación y el ascetismo. Renegando del apego a los sentidos, a tu cuerpo, a los objetos. Pretenden que no desees, que no disfrutes de la vida. En el fondo, que no vivas. Que en persecución de la iluminación renuncies a todo. Han descubierto un truco que descubrieron también los ascetas de otras religiones: cuando tras movimientos repetitivos, cantinelas monótonas, y denodado esfuerzo aprendes a acallar la voz interior te invade una fantasía curiosa, crees que comulgas con el mundo, que eres uno con todo. Que amas a todo lo vivo y lo muerto porque eres uno con él. Esa es la iluminación, la meta del ascetismo. Pero eso es un espejismo. Porque esa paz, ese supuesto amor, esa comunión espiritual no se manifiesta en ayudar a los demás, no trata de hacerlos felices. Simplemente se extasía en el gozo individual de creerse uno con el mundo. No disfruta de la vida. No hace disfrutar a los demás. En realidad es una forma de estar medio muerto y creer en tu fantasía. Es huir de la vida. Vendarse los ojos de renuncia y gozar en la falsa creencia de que te has elevado sobre el mundo. Pero sigues sentado, semidesnudo, bajo una higuera, soñándote espíritu, pero en realidad siendo alimentado con el arroz de los crédulos, mientras medio vives, con los ojos vendados, negando la vida.

Los totalitarismos, como el fascismo, el nacionalismo o el estalinismo son también religiones, sin dioses ni espíritu. Pero con las mismas normas estrictas. Niegan al individuo. Le obligan a fundirse con el grupo. A desfilar al unísono. Con el mismo uniforme, siguiendo todos al líder supremo, al divino emperador o al amado guía. Exigen a la gente que muera por una bandera, un himno o una causa. Que supedite su vida a la causa suprema. Te dicen que una persona no es nada. Que solo es un miembro del grupo. Que una persona sola es una mota de polvo en el desierto, una gota de agua que salta cuando la ola choca contra el acantilado, una pequeña gota de sangre que cae en el suelo seco de la inmensa sabana. Pero no es así, cada persona es un rico mundo y puede llenar de riqueza el mundo. Una persona puede crear un huracán que barra el desierto, un tsunami que derrumbe el acantilado, un león que cree una estampida. Si eres honesto y te mantienes firme generarás una ola de honestidad que puede ayudar a agrietar los cimientos del totalitarismo.

Tienes que aprender a quitarte las vendas y a no dejar nunca que te las pongan. Tienes que aprender a vivir con los ojos abiertos, a dotar a tu vida de sentido. A vivir en libertad. Y esto es curioso, porque el libre albedrío no existe. Realmente no hay nada de ti que pueda decidir libremente, de forma independiente de tu memoria y tus sentidos. Cada acto tuyo viene definido por cómo eres, por cómo has sido. Eres tus actos. En cada acto eres la mezcla de tus genes, tus hormonas, tus memorias y tus percepciones. Por eso es tan importante lo que ves y lo que hueles, con quién te encuentras y quién te quiere. Cada gesto, cada encuentro, cada libro, cada amanecer, cada trocito de vida ayuda a definirte, lima una aspereza, crea una grieta, hace saltar una esquirla. Y te modela. Por eso es tan importante que aprendas a vivir en libertad, a vivir tu vida, una vida plena, sin vendas, sin normas extraídas de relatos, sin renegar de los sentidos, sin seguir a ningún líder ni bandera. Como nadie es culpable de ser alto o feo o dulce o atrevido. Como nadie decidió nacer inteligente o pobre o soso, no podemos juzgar ni culpar a nadie. Somos como nos ha hecho la vida que nos vive. Nadie es culpable ni nadie puede ser alabado por ser como es. Nadie merece un cielo ni un infierno. Y mucho menos para toda la eternidad. Pues no es su mérito. Pues no es su culpa.

Cuando miro a la gente por la calle y veo que son como no les queda más remedio, que viven como pueden, vidas plenas o ciegas, siento al momento que me invade una poderosa ternura, por todos. Les comprendo y en ese mismo momento les amo. A todos, porque son como no les queda más remedio. Porque hacen lo que pueden, con sufrimiento

o alegría, disfrutando de libertad o atados por mil cadenas. Pero aun cuando sufren son tan hermosos, son tan ricos y complejos. Y cuando siento eso, siento que me quiero a mí mismo. Que soy uno con todos sin renunciar al apego ni a los sentidos. Sé lo que es bueno - todo aquello que aumente la felicidad de los demás- y lo que es malo, sin necesidad de que me lo diga un libro o un líder. Y cuando me quiero a mi mismo amo la vida. Y la vida se llena de sentido. Y tendrá más sentido cuánto más haga por los demás, cuanto más luche por la felicidad de los otros. Me encanta salir a caminar sólo, escuchando música y sentir mi cuerpo y el aire y respirar hondo, muy hondo. Y mirar a la gente y sentir inmediatamente afecto por todos y cada uno. Y me siento feliz. Me encanta enseñar, astrofísica en la facultad, física solar en el IAC o español en la Cruz Roja. Y disfruto hablando con la gente. Y leyendo todo lo que puedo. La muerte está esperándome escondida en alguna vuelta del camino. Pero no la temo, pues he aprendido que esta breve vida, que esta vida hermosa y plena es brevemente eterna.
Como despedida te copio un hermoso poema de José Agustín Goytisolo, y te copio el link de Paco Ibáñez cantándolo, porque influyó en mi adolescencia, porque cómo él le dice a Julia, quiero que siempre te acuerdes de lo que un día yo escribí, pensando en ti, como ahora pienso.
Un fuerte abrazo
Basilio

PALABRAS PARA JULIA
Tú no puedes volver atrás
porque la vida ya te empuja
como un aullido interminable.
Hija mía es mejor vivir
con la alegría de los hombres
que llorar ante el muro ciego.
Te sentirás acorralada
te sentirás perdida o sola

tal vez querrás no haber nacido.
Yo sé muy bien que te dirán
que la vida no tiene objeto
que es un asunto desgraciado.
Entonces siempre acuérdate
de lo que un día yo escribí
pensando en ti como ahora pienso.
La vida es bella, ya verás
como a pesar de los pesares
tendrás amigos, tendrás amor.
Un hombre solo, una mujer
así tomados, de uno en uno
son como polvo, no son nada.
Pero yo cuando te hablo a ti
cuando te escribo estas palabras
pienso también en otra gente.
Tu destino está en los demás
tu futuro es tu propia vida
tu dignidad es la de todos.
Otros esperan que resistas
que les ayude tu alegría
tu canción entre sus canciones.
Entonces siempre acuérdate
de lo que un día yo escribí
pensando en ti
como ahora pienso.
Nunca te entregues ni te apartes
junto al camino, nunca digas
no puedo más y aquí me quedo.
La vida es bella, tú verás
como a pesar de los pesares
tendrás amor, tendrás amigos.
Por lo demás no hay elección
y este mundo tal como es
será todo tu patrimonio.
Perdóname no sé decirte

nada más pero tú comprende
que yo aún estoy en el camino.
Y siempre siempre acuérdate
de lo que un día yo escribí
pensando en ti como ahora pienso.

Paco Ibáñez en el Olimpia - Palabras para Julia

8 de febrero de 2018

La sonrisa de tus ojos

Me desperté con la sonrisa de tus ojos doliéndome en las entrañas. En el sueño yo estaba en un pueblo de casas de cal y sol contra ese azul puro del Sur. Giré una esquina y apareciste tú y, al verme, tus ojos se tornaron sonrisa. Sonrisa brillante, luminosa y feliz. Me deslumbraste, como un conejo frente a los faros de un coche y, como un conejo, me quedé petrificado de estupor.

- Hola –dijiste- ¡Cuánto tiempo sin verte! ¡Qué alegría! ¿Qué tal estás?

Y yo sentí que me encogía un poco. Ibas con una niña de unos diez años que se acercó a mí y me cogió de la mano. También ella con la sonrisa en los ojos, un eco de los tuyos, también limpios y alegres pero sin el olor a siesta y tardes al sol, sin el aroma maduro a pereza cálida, sin la ternura de caricias lentas, sin la promesa del juego de los tuyos.

Y me quedé sin palabras: ¿Cómo podía ser que el brillo de esos ojos me hiciera latir con tal fuerza?

Mira- dije con esfuerzo- tengo un problema enorme: Al verte siento una alegría voraz, pero no consigo recordar quién eres.

¡Serás bobo!- dijiste- soy

Y en ese momento me desperté. Con la sonrisa de tus ojos doliéndome en las entrañas.

Cerré los ojos con fuerza, para intentar dormir de nuevo y encontrarte en el sueño. Pero no volví al pueblo de casas de sol y cal, ni volví a encontrar tu sonrisa. No sé quién eres, pero te busco sin cesar cada noche.

Pink Martini - Let's never stop falling in love + Lyrics

12 de enero de 2018

Schobert

Escuchando el cuarteto en fa menor de Johann Schobert

El tiempo esta tarde no avanza, pasea gozoso por la habitación. No tiene prisa, parece jugar, como la luz dentro del agua. Y, como la luz, desaparece en mil reflejos cuando intento atraparlo con un gesto rápido. Me deja el sonido de un cuarteto con clavicordio de recuerdo, y recuerdo el sonido de tu falda cuando paseabas gozosa por la habitación, sin prisa. Y quiero jugar otra vez contigo, como si yo fuera luz y tu agua. Jugar hasta que el tiempo rompa el recuerdo de tu piel en mil reflejos. Y me deje, otra vez, con las manos vacías y, en los oídos, el recuerdo de un clavicordio.

J. Schobert - Quatuors, trios, sonates

Johann Schobert Quatuors, trios, sonates Luciano Sgrizzi, Ensemble 415, Chiara Banchini

24 de febrero de 2018

La derecha, la izquierda y la entropía.

Cada año, cuando dando clase tengo que usar el término entropía, hago un paréntesis y les cuento a mis alumnos qué es eso. Todos ellos lo han estudiado en cursos previos, pero me consta que no lo entienden de verdad.

Imaginen, les digo, que hoy he llegado especialmente generoso y decido repartir 3000 euros entre ustedes 30, así que les doy a cada uno un saquito con 100 monedas de un euro, con la condición de que cada vez que dé una palmada cada uno de ustedes saque un puñado arbitrario de monedas y se lo de a algún otro, sin mirar, sin tener en cuenta quién es. Si lo repetimos muchas veces, y ustedes no hacen trampa, ¿qué distribución de dinero tendríamos? Y hago la cuenta en un minutín en la pizarra. En realidad es muy fácil de hacer. Como la cantidad de dinero que se mueve cada vez es arbitraria, todas las posibilidades son exactamente iguales, es decir es igualmente probable la situación en la que Juan tiene 280 euros, Emma 100, Ana 20 etc, que la situación en que Eva tiene 3000 euros y los demás ninguno. Vamos a llamar "estado", les digo, a cada distribución de dinero, sin importar quién lo tiene. Es decir un estado es por ejemplo que un estudiante tenga todo el dinero y los demás nada. Ese estado tiene 30 formas de ocurrir: que todo el dinero lo tenga Juan, o que todo lo tenga Ana, etc. Otro estado, por ejemplo, es que todos tengan lo mismo. Ese estado sólo tiene 1 forma de realizarse. Como todas las situaciones son exactamente igual de probables el estado más probable es el que tiene más situaciones. Eso es exactamente la entropía: el número de formas o situaciones en que puede darse un estado. En realidad la entropía es el logaritmo –el número de cifras- de ese número de formas, pero eso es anecdótico. Lo que en realidad importa es que cada vez que doy una palmada vamos pasando por situaciones todas exactamente igual de probables, pero si miramos a qué estados pertenecen veremos que necesariamente nos iremos moviendo hacia estados más y más probables, porque cada uno de ellos tendrá más y más formas de realizarse. Es decir la entropía sólo puede aumentar. Hasta alcanzar el estado en que es máxima. ¿Saben qué estado es ese? Se llama estado de equilibrio termodinámico. Es el estado más probable, el de máxima entropía, el estado al que tiende todo sistema si lo dejamos evolucionar libremente. En la naturaleza al estado de equilibrio se lo conoce con otro nombre: muerte. La vida no es otra cosa que el alejamiento temporal del equilibrio. La lucha de todo ser vivo, de todo grupo, es siempre una lucha para mantenerse alejado de la destrucción que implica el equilibrio. En nuestro experimento el estado de equilibrio viene definido por una exponencial, unos pocos alumnos tendrán casi todas las monedas y la mayoría no tendrán casi nada ¿les suena? Ese es el estado más probable, aquel al que tiende todo sistema –de forma natural- si lo dejamos evolucionar libremente.

En cualquier sociedad, de las que llamamos de libre mercado, la distribución de riqueza no es esa, por supuesto, pues el que tiene dinero se hace dueño de otra cosa: del poder. Y con el poder consigue acaparar más dinero, haciendo la distribución aún más abrupta que la exponencial.

Curiosamente junto con el dinero y el poder los ricos adquieren algo aún más sorprendente: la admiración de los demás. Porque han llegado ahí, porque se visten con ropas preciosas y viven en casas con jardines y criados, conducen coches deportivos y potentes motos, se ríen con dientes más blancos, se ligan a las parejas más sexis y tienen tiempo para hacer regatas o ir a esquiar. Y tienen trabajos creativos. No sólo tienen todo el dinero y el poder, tienen la envidia y la admiración de todos. Se llegan a creer mejores seres humanos que la chica que les limpia el chalet o les cuida los críos.

No hay que mirar muy lejos, en el mismo centro donde trabajo, el IAC, tengo compañeros que miran por encima del hombro a las empleadas de la limpieza.

¿Es esa la situación ideal? ¿Es la más ética, la más justa? Llamaré –por llamarlos de alguna manera- a quien así lo cree "gente de derechas". Nos lo explican muy bien. Verán, nos dicen, nadie es más listo que los mercados. Y no hay valor más importante que la libertad. Si dejamos libertad de mercado, si permitimos que el dinero fluya libremente y que cada vez que damos una palmada se mueva de un sitio a otro, sin intervención de nadie, entonces se creará riqueza. Se crearán puestos de trabajo. Pues quien tiene dinero, con el legítimo interés de aumentarlo, lo invertirá, creará empresas y dará trabajo a los inútiles e incultos, a la masa de gentuza que no ha sabido ascender socialmente. Y es cierto, con su poder y su dinero, si los dejan, crearán empresas que fabricarán móviles inteligentes, televisores de decenas de pulgadas y automóviles preciosos. Y todos viviremos mejor. Aunque algunos muchísimo mejor que la inmensa mayoría. Y junto con el dinero y el poder les daremos nuestra admiración, aspiraremos a ser como ellos, seremos sus criados y votaremos a los partidos que defienden sus intereses. A partidos que no tienen dinero para aumentar las pensiones, pero sí para regalárselo a los bancos o a los dueños de las autopistas.

¿Pero es que no existe otra solución? ¿Es realmente imposible huir de la tendencia hacia el equilibrio, hacia el aumento de la entropía? ¿Tenemos, inevitablemente, que admirar a los ricos? ¿Existe un reparto más justo de la riqueza? Voy a llamar a quién así lo cree "gente de izquierdas". Gente que cree que la libertad es importante, claro que sí. Pero no la libertad de unos pocos, si no la de la mayoría. Gente que cree que hay que acotar las ganancias de los ricos y mejorar la vida de la mayoría. Gente que cree que es más ético evitar la miseria de muchos a cambio de limitar el orgulloso despilfarro y el poder de unos pocos. Gente que cree preferible una sociedad quizá globalmente más pobre, pero más rica en capital social, en igualdad y justicia. Gente que cree que por haber nacido en África la gente no tiene menos derechos que por ser español.

¿Cómo es posible que permitamos que haya gente muriendo de miseria y envidia?

No consigo comprender como, en muchas ocasiones, los partidos de derechas ganan elecciones. ¿Cómo es posible que una mayoría de los ciudadanos voten a aquellos que defienden a los ricos?

No somos sólo insolidarios y crueles. La mayoría somos también estúpidos.

The Talking Bugs - Laika

4 de julio de 2018

Recordar y Jorge Manrique

Me despierto avanzada la noche. Oigo pájaros, no sé si ruiseñores o alondras. Tal vez mirlos. Respiro hondo y me siento en paz. Se me despierta el alma dormida y recuerdo.

Que hermosa palabra, recordar, viene del latín cor cordis, corazón, así que recordar es literalmente volver a pasar por el corazón. Y como el corazón es lo que usamos para representar las emociones más intensas, recordar es vivir de nuevo, es sentir de nuevo. Y en el silencio de cantar de pájaros del final de la noche recuerdo caricias escondidas, debajo de la falda, y la humedad en la punta de los dedos, y la primera vez que otra boca entró en mi boca. Y me late fuerte el corazón y se me hincha el pecho y vuelvo a enamorarme de estar vivo. Y recuerdo aquellos ojos. Y otros negros. Y otros azules. Y sonrisas, manos y canciones. Y el agua fresca en la piel ¡Cuánta hermosura hay en la vida! ¡Cuan hermosa es la vida! Y ahora, que es de día y no se oyen los pájaros, les recuerdo a muchos de ustedes, mis queridos amigos y vuelvo a sentir el placer de tantas conversaciones en aquellas mañanas, que nunca terminamos. La vida se pasa tan callando, pero nos deja recuerdos, latiendo en caricias, ojos, amigos y pájaros.

Barbara Furtuna - Veni O Bella

4 de noviembre de 2018

60º aniversario de boda de mis padres

En el patio tenemos un pequeño almendro. Hace dos años se secó casi por completo. Curiosamente una rama grande que nace casi de la base no se murió, así que corté el tronco principal y dejé la rama. Este año, al acabar febrero lo que queda del almendro se cubrió de flores. Literalmente no cabía ni una más. Cada rama estaba forrada de flores de un blanco rosado y un intenso olor a miel. Lo curioso es que cada vez que lo veía me acordaba de mis padres. De los paseos por el monte que dábamos de niños con ellos, primero cuatro y luego cinco y más tarde seis churumbeles correteando monte arriba, el más pequeño en sillita, entre piedras y olor a hierba, entre manzanos y flores, con la merienda en una cesta y mis padres cantando. Aún puedo cantar sus canciones: Colín, colín, coliendo flores; En el campo entre las flores; De colores se visten los campos…

Recuerdo a mi madre cantando coplas a voz en cuello mientras cocinaba, fregaba los platos o limpiaba la casa: Angelitos negros, Están clavadas dos cruces, Caminito verde, María de las Angustias… Siempre cantando. Y ahora me pregunto: ¿era fruto de la felicidad, de la plenitud y vitalidad que sentía, que se le escapaba por la boca?

Pero acordarme de mis padres me ocurre no solo con las flores del almendro del patio: me acuerdo de ellos cuando huelo una manzana especialmente aromática y de golpe están ahí volviendo de “La Granja” con un cesto de aroma a vida en forma de reinetas, para hacer mermelada o dulce de manzana.

Me acuerdo de ellos cada vez que leo un libro que me gusta: ¿le gustará este libro a mi padre o a mi madre? Porque estarán ahí, siempre a mi lado, mi madre leyendo Nils Holgersson bajo un árbol en la sobremesa de alguna excursión, y al tiempo viajaré con su voz a lomos de un pato recorriendo Suecia, o mi padre leyéndonos el Libro de las Tierras Vírgenes antes de dormir y, estando en la cama, estaré en la jungla con un Akela plateado o un Baloo mucho más fuertes, hermosos y vivos que los dibujos de Disney. Porque los animales salvajes vivían con el terciopelo y la música de la voz de mi padre. Que estaba dándonos su tiempo a nosotros, pequeños mocosos.

Me acuerdo de mi padre cuando oigo el concierto emperador de Beethoven. Suena el concierto y de repente esta ahí, joven, leyendo un libro junto a mí. Yo debo ser muy pequeño, pues estoy en el suelo y lo veo enorme. Tierno. Todo dulzura. No creo que exista en el mundo una persona más buena que mi padre. No para mí. Pienso en él y los ojos se me llenan de lágrimas. De puro cariño. La identificación de la música de este concierto con mi padre es intensa y literal, nota a nota, cada frase de la orquesta es un gesto suyo, cada cálida cadencia del piano es el flujo de sus palabras, cada remanso en la música es respirar con él, y el equilibrio elegante de su andar es el mismo que el del concierto. Y la vitalidad y alegría de la música son también las suyas.

A mi padre le faltan dos falanges de un dedo que perdió por meter la mano en una máquina de cortar alambre. Casi seguro que por estar escuchando con atención a alguien. Y ese muñón regordete al final de su dedo es para mí la bondad hecha piel. Un verso de uno de mis cuñados dice: “Bueno como el pan, la luz y el beso”. Así lo veo a él.

Me acuerdo de mis padres cuando oigo el Mesías de Haendel: cada día de Resurrección nos despertaban con el Mesías a todo volumen y era tal la alegría de mi padre y es tal la belleza de la música de Haendel que me inunda una felicidad pura que canta a coro en mi recuerdo y me hincha el pecho. A punto de explotar.

Y me acuerdo de ellos cuando escucho música religiosa como las cantatas de Bach o el réquiem de Mozart. Siempre que me tropiezo con la belleza ahí están ellos conmigo, escuchando música en el viejo tocadiscos, al caer la tarde. Y recuerdo acompañar a mi padre, algún año de mi adolescencia en el pueblo, todo orgulloso yo, sintiéndome ya casi un hombre, a la Adoración nocturna. Yo, que ahora soy un ateo empedernido, recuerdo el olor a incienso y a paz de la compañía de mi padre en la iglesia en tinieblas. Y la sensación de profunda pureza y bondad y la dulzura del sacrificio compartido. Y recuerdo acompañar a mi madre a misa, a diario, durante los mayos aquellos de flores y vírgenes. Y sentir la delicia de su orgullo por mí. Y el amor limpio y transparente como agua de manantial, por mi madre. Por mayo. Por la vida.

Y, muchas veces, dando clase, el olor a tiza me trae el recuerdo de la academia que mis padres montaron en “el desván” de aquella enorme casa señorial, en la que vivíamos de prestado. Mi padre había cometido la osadía de apoyar a los obreros en la huelga de la fábrica. Y fue castigado. Le sancionaron con un mes de empleo y sueldo y le congelaron el salario durante varios años. Justo cuando acababa de tener el sexto hijo. Siempre contó con el apoyo de mi madre: era mucho más importante la dignidad y la honradez que el dinero. Y apoyar a los que menos tienen. No le daban trabajo. Tenía que ir y sentarse durante toda la jornada delante de una mesa vacía. Así que, en las largas horas muertas, se puso a estudiar. Y montó una pequeña academia, en el desván de la enorme casa.

Aquella casa del pueblo donde tanto vivimos mis hermanos y yo, esa vida rauda de los chiquillos en plena naturaleza, cazando gorriones y fundiendo plomo, coleccionando insectos y preparando fallidas bombas caseras, corriendo en bicicleta y subiéndonos por las tapias. Me parece estar viendo a mi padre friendo pollo en el patio para comerlo al aire libre, o a mi madre cocinando como sólo pueden cocinar las madres. Esos platos que saben a infancia y ternura, a amor limpio.

Hace justo diez años escribí una carta a mis padres, para felicitarles por sus bodas de Oro. Empezaba así:

"Mis amigos se sonríen cuando les digo que soy tan feliz como un tonto con un palote. Pero es que sé que lo tengo todo: miro a mi mujer, a la que tanto quiero; y miro a mi hija, tan dulce, tan elegante y tan lista, tan cariñosa y tan tierna; y miro a mi hijo, tan entrañable y vital, tan apasionado, tan inteligente y tan bueno; y miro a mis hermanos así los veo: inteligentes y vivos, apasionados y dulces, imaginativos y tiernos y elegantes, cariñosos y buenos. Pero es que, cuando miro a mis hijos, a mis hermanos, os estoy viendo a vosotros, papá, mamá, en ellos; es vuestra bondad y vuestra dulzura lo que veo y también su vitalidad y su alegría es la vuestra y su imaginación y sus ganas de vivir, y su ternura.

Yo creo que soy feliz porque me siento orgulloso de ser hermano de mis hermanos y padre de mis hijos e hijo vuestro. Por eso quiero daros las gracias. Por eso y por haberme llenado la vida de hermosos recuerdos, de imágenes de todos nosotros subiendo al Caserío a comer cerezas..." Y luego hablaba de manzanas y de pollo frito, de Adoración Nocturna y de cangrejos, de Händel y del olor a tiza, del Concierto Emperador y las croquetas, del Libro de la Selva y de la sala de casa llena de juguetes el día de Reyes, y acababa diciendo: "Soy más feliz que un tonto con un palote, pero es que el palote que tengo es el saber que os quiero con toda mi alma"

Mi padre escribió, allá por el 2006, un libro de memorias. Así relata como conoció a mi madre: "La llegada de Mariuca a mi vida no fue de repente. Más bien la puedo comparar con el amanecer para alguien que ha vivido siempre en la noche. [...] Y, de pronto, ve amanecer. Y se pregunta si eso será verdad. Si puede haber una persona así. Si, en la oscuridad, puede nacer aquella luz. Y se palpa por si está soñando. Y luego, cuando avanza la luz y lo inunda todo, empieza a ver la vida distinta, la gente gana color, las cosas se embellecen". Mis padres se han querido mucho y yo siempre he visto en sus ojos esa luz. Cada día. Como si fuera la primera vez.

Mis padres estarán siempre conmigo, siendo lo mejor de mí. Y yo estaré con ellos en cada amanecer, en el olor de las manzanas y la tiza, en los buenos libros y en la música. Estaré con ellos cuando disfrute de mis hijos y de mis hermanos. Estaré con ellos entre las rocas y los árboles. Y cada vez que me inunde la belleza, cada vez que los ojos se me llenen de lágrimas y de miel y flores de almendro.

Daniel Barenboim: Beethoven Piano Concerto No. 5 in E flat major Op. 73

16 de noviembre de 2018

Gilgamesh

Acabo de leer Gilgamesh (2100 a.C) en la versión de Stephen Mitchell

Es el relato más antiguo del mundo. Gilgamesh fue rey de Uruk en 2750 a.C. Existen varias versiones de esta epopeya en diferentes idiomas, acadio, sumerio y babilonio, escritas entre los años 2100 y 1700 a.C. Se encontraron en 1844, escritas en cuneiforme en tablillas de arcilla en las ruinas de la biblioteca del palacio del rey asirio Asurbanipal (668-627 a.C.) en Nínive, en lo que hoy día es la ciudad de Mosul, a orillas del río Tigris, al norte de Irak.

¡La epopeya es impresionante!

Empieza paseándonos por las gruesas murallas de Uruk, por baluartes que brillan como cobre al sol, por escaleras de piedra, nos dice el narrador anónimo, que son más antiguas de lo que la mente puede imaginar. Fíjense: Hace casi 5000 años Uruk era ya una ciudad más antigua que lo que la mente podía imaginar.

Gilgamesh es hermoso, fuerte, malvado y cruel. Los dioses crean de barro a Enkidu, un contrincante peludo, también enorme y hermoso, pero medio hombre medio animal. El proceso de humanización de Enkidu es a través de las piernas abiertas de la sacerdotisa del templo de Ishtar, Shamhat, que lo ama durante una maratón de siete días y siete noches de sexo ininterrumpido, y le enseña a hablar, a comer, beber y vestirse. Cuando Enkidu se encuentra con Gilgamesh, ambos pelean para acabar convirtiéndose en amantes.

Tras varias aventuras, matando monstruos, Enkidu muere y deja a Gilgamesh desolado. Gilgamesh emprende entonces la búsqueda de la inmortalidad.

En medio de varias aventuras nos encontramos con Utnapishtim, a quienes los dioses convirtieron en inmortal por construir un barco gigantesco en el que resguardó a una pareja de cada especie durante el Diluvio. Y cuando la lluvia cesó, el barco posado sobre la cumbre de una montaña, envió primero a una paloma, y luego a una golondrina y finalmente a un cuervo quien encontró una rama donde posarse.

Tras muchas peripecias Gilgamesh regresará derrotado y humilde a Uruk. Y entonces descubrimos que el narrador es el propio Gilgamesh, guiándonos por la hermosa y ya entonces antigua ciudad de Uruk, con sus gruesas murallas, sus preciosas escaleras y baluartes que brillan como cobre al sol.

Bright Eyes "First Day Of My Life"

Bright Eyes' music video for their song "First Day Of My Life"

24 de enero de 2019

Excesos

La naturaleza es a veces lujosa y excesiva, como el pavo real que vuela en la jungla, el pecho azul metálico, las alas naranjas y la cola verde moviéndose contra los negros troncos, las ramas y las torcidas lianas; como los cuernos del ciervo adulto, orgulloso en la sombra; como las alas de la mariposa, polvo delicado y brillante aleteando al caer la tarde; como los nenúfares en flor; como una mujer caminando descalza con un vestido ligero, como su cara todo sonrisa cuando la miro.

Christophe Rouset. Jacques Duphly. Quatrième livre: La du Buq

30 de enero de 2019

El tiempo y el Sol

Suelo leer, aunque en general no estoy de acuerdo, lo que escribe Pedro García Cuartango en su columna "Tiempo recordado": Me gusta su poesía y esa leve nota de tristeza con la que perfuma sus artículos. En el que ha escrito ayer: “Lo que no sabemos” habla de dos paradojas: una, la flecha del tiempo (por qué no podemos retroceder, por qué una vez roto un vaso no lo podemos reconstruir, por qué se oxida el hierro, por qué envejecemos) y la otra, que aunque podemos predecir el destino a enormes escalas temporales o espaciales (qué le ocurrirá al Sol o a nuestra galaxia en miles de millones años) no somos capaces de predecir lo cotidiano (qué pasará mañana, quién ganará un partido). Finaliza diciendo, “poco nos importa saber cuándo va dejar el Sol de iluminar nuestro planeta si desconocemos lo que nos deparará el día de mañana”.

Supongo que por deformación profesional -soy astrofísico y en particular Físico Solar- tengo que manifestar mi desacuerdo con Pedro García Cuartango.

Empiezo por el final: ¿por qué podemos predecir qué le pasará al Sol pero no si el domingo mi mujer me va a sonreír a las 7:52:16 de la mañana? La respuesta es evidente: es cuestión de precisión. El hijo de un amigo le preguntaba a su padre: Papi, si el universo empezó hace 13650 millones de años, ¿ese día era lunes o martes? Lo mismo podríamos decir del futuro del Sol, morirá dentro de cinco mil millones de años ¿un martes? En realidad sabemos muy muy poco. Si tiro seis mil veces un dado sé que saldrán unos mil treses, pero no podré decir si 997 o

1003. Igual que no puedo saber si al tirarlo ahora saldrá un uno o un cuatro. Un físico siempre da los números con incertidumbre: decimos que el Sol agotará su combustible (no, no va a dejar de iluminar nuestro planeta) y su núcleo se comprimirá mientras la atmósfera se expandirá, hasta que la Tierra quede dentro del propio Sol, dentro de 4.4 miles de millones de años. Si no ponemos un +/- la incertidumbre es la última cifra significativa, en este caso cien millones de años. No sabemos lo que va a pasar mañana, pero tampoco qué día la Tierra se derretirá. Como tengo 58 años sé que voy a morir dentro de 25 +/- 7 años, es decir, muy probablemente entre los 76 y los 90, y con más probabilidad aún dentro de las dos sigmas, entre los 69 y los 97. No sé el día, pero sí que aproximadamente me quedan entre dos y cuatro décadas: ¡Tengo que aprovechar el tiempo!

La flecha del tiempo no es un misterio. Se trata de entender simplemente qué significa la entropía y la información. Voy a explicarme con un ejemplo: Sea un viajero que está en este instante en su casa y que mañana viajará a un destino aleatorio, a cualquier lugar del mundo, sea la esquina de al lado, una playa en Zanzíbar o una cueva en las montañas sagradas de China. Y supongamos que el destino se decide al azar. Supongamos además que el viajero divide el mundo en dos partes: una, "su casa", la otra "fuera de su casa". Evidentemente mañana, al viajar va a ir de su casa a fuera de su casa. Pero pasado mañana, al volver a viajar de forma aleatoria, volverá a viajar desde su destino a otro sitio, que también será fuera de su casa. Podrá viajar días y días. Morirá de viejo sin haber regresado nunca a su casa. ¿Por qué? Porque los dos estados, su casa y fuera de su casa son de tamaño tremendamente diferente. Si su casa fuese su país, no tendríamos ese problema. El problema surge porque tenemos una enorme cantidad de información cuando decimos que está en su casa y una completa desinformación cuando sabemos que está fuera de ella. Al moverse partiendo de casa, siempre va a ir fuera de casa. Cuando está fuera nunca va a volver a casa. No es que el tiempo sea irreversible. Lo que es irreversible es la pérdida de información. Cuando un vaso se rompe, cuando un hierro se oxida, cuando envejecemos, se pierde información (hay muchas más formas de estar roto que de estar entero). Si suministrásemos información podríamos revertir el proceso (si numerásemos cada trocito de cristal podríamos reconstruirlo). El grado de desinformación se llama en física entropía. La entropía aumenta de forma espontánea porque todo proceso físico de forma natural evoluciona espontáneamente perdiendo información. Pero la naturaleza ha hecho un maravilloso descubrimiento: es capaz de, en determinadas situaciones, usando energía y aumentando la desinformación del entorno, aportar información a un sistema. Ese descubrimiento se llama vida. Mientras un ser está vivo va contra el tiempo, rema en sentido contrario al aumento de entropía. Es al ir muriendo cuando perdemos la batalla, nos oxidamos y nos rompemos como el cristal. Pero al tener un hijo, al construir algo, al escribir, al crear, aumentamos la información, disminuimos el desorden, creamos vida. Cada vez que ordenamos algo, cuando construimos, cuando creamos, estamos disminuyendo la entropía, estamos luchando contra el tiempo, remando en sentido contrario. Sí que es posible hacer que la flecha del tiempo apunte hacia atrás: basta con escribir un libro, plantar un árbol, tener un hijo. Basta con vivir de verdad.

¿Por qué queremos saber cómo es el Sol? ¿A quién le importa un ardite saber qué le va a ocurrir? ¿no es más importante el proces o el partido del atleti? La curiosidad es una de las cualidades de los simios: resulta inquietante no saber dónde estamos ni qué es el mundo, qué son las estrellas o las mariposas. Hacerse preguntas, buscar respuestas es algo tremendamente gratificante. Yo necesito saber. Estoy seguro que tú también: Cuál será el destino del Sol, qué es un arco iris, por qué la tierra mojada huele tan bien, cómo se cura el Alzheimer, cuándo florece el almendro.

El domingo por la mañana, cuando al amanecer el Sol me despierte, me encontrará pensando qué agradable es la vida, qué hermoso es preguntarse cómo es el Sol. Y posiblemente una gran sonrisa llene mi cara. Y entonces, a las 7:52:16, un rayo de Sol pintará de oro los párpados de mi mujer, abrirá los ojos y, puede ser que, al ver mi sonrisa una sonrisa preciosa, pinte de luz su preciosa cara.

Sara Jobarteh- Saya

9 de febrero de 2019

La canción

Oigo una canción triste en un idioma extraño, quizá sea persa, no entiendo ni una palabra. Pero es dulce y sugerente. Me habla del rojo brillante, transparente y dulce de aquellos pirulís con forma de paraguas; y del olor a sal y sol y bronceador de la playa, la arena dorada y caliente entre mis dedos; y de un pájaro naranja dando saltos sobre la tierra húmeda; y de paseos junto al mar de la mano de una chica, bajo las estrellas, el aire frío en la cara. De pronto siento la tristeza debajo de los párpados: siento que he perdido el azúcar rojo y el olor a verano, he perdido las estrellas frescas en mi cara y aquellos ojos con la piel tan suave. Y entonces, cuando estoy a punto de llorar, la canción se acaba.

Como no puedo encontrar la canción les dejo con *Hier encore*

Nara Noïan - Hier Encore

20 de febrero de 2019

Almas

¿Existe el alma?

¡Vaya que sí! Alma es el Atacama Large Millimeter/submillimeter Array, simplemente la mayor instalación astronómica del mundo, situada a más de 5000 metros de altura en el desierto de Atacama en Chile. En realidad son las orejas que le hemos puesto a la Tierra para escuchar el parto de las estrellas.

OK, pero a parte del oximorón telescópico, ¿existe el alma? Sí, claro: se llama alma a un palito o espiga que llevan los violines, violas y violonchelos, para soportar la tapa. Aparte de evitar que se rompa, el alma trasmite las vibraciones de la tapa al fondo. Un instrumento sin alma sonaría flojucho y débil. Simplemente a hueco. Incluso existe una herramienta que se llama medidor de almas, para medir la altura del alma. Hay otro instrumento, el posicionador de almas, que, evidentemente, sirve para pinchar el alma e insertarla en el violín o el cello. Yo siempre he querido tocar el cello. Cuando sea mayor me voy a poner a estudiarlo. La música del cello te acaricia el alma. Ese, ese alma acariciado ¿existe?

Me maravilla que el ser humano haya creído en la existencia de dioses, diablos, ángeles, espíritus, fantasmas y almas. Entes sin cuerpo, pero con entendimiento y voluntad. Que pueden sufrir y gozar. Capaces de vivir aunque hayan muerto. Realmente curioso. Hoy en día diríamos que el alma es un conglomerado de bosones (sí, esos que tienen spin entero y no cumplen el principio de exclusión de Pauli y por eso pueden estar todos juntitos, unos sobre otros, sin molestarse, literalmente compenetrándose). Unos 21 gramos incorpóreos que se desacoplan del cuerpo en el momento de la muerte. ¡Manda narices!

Lo que sí que existe es la gente desalmada. Así que el alma en realidad es lo que le falta a esas personas. Los animales tienen sentimientos y emociones, y muchos son capaces de sentir envidia, vergüenza, orgullo, celos y amor. Lo que nos diferencia de los animales es precisamente lo que voy a llamar alma: la imaginación y la fantasía, la creatividad y el altruismo. La generosidad y el enamoramiento. La capacidad de disfrutar de un poema de una música. La capacidad de soñar. De creer en las personas, no en los canarios, catalanes o españoles. No buscar el bien de los míos, de mi familia, mi tribu o mis compatriotas. No, la capacidad de creer en las personas y quererlas. Aunque sean desalmadas. Aunque sean negros, moros, homosexuales o mujeres. Eso es lo que les falta a los desalmados. Los nacionalistas vascos, catalanes, canarios y españoles, son unos desalmados. Y los fascistas y votantes de Vox también.

Cuando los budistas y taoístas hablan de meditación, de trascender a un nivel superior de conciencia, acallando precisamente el discurso interior, lo que en realidad están haciendo es cercenar la fantasía, la imaginación y la creatividad, lo que están pidiendo es que apaguemos lo que nos hace humanos. El alma.

Cuando los políticos de derechas nos dicen que tenemos que apostar por el crecimiento económico, por la creación de riqueza a manos de unos pocos para que todos vivamos mejor, lo que nos están pidiendo es precisamente que acallemos el alma, que no nos preocupemos por los que menos tienen o los que han nacido en otro país o son simplemente diferentes. Que lo importante es la libertad de acumular riquezas, porque eso redunda en progreso. Para todos. En realidad la gente de derechas son unos desalmados y quieren convencernos que redunda en nuestro beneficio acallar la conciencia, borrar la sensibilidad, la creatividad y la tolerancia. Quieren que vendamos nuestro alma a cambio de las lentejas del crecimiento económico y de su libertad para acumular riquezas.

Anteayer me tropecé con un librito que había leído hace unos años: El último día de Terranova, de Manuel Rivas. En aquella época subrayaba las frases que me llamaban la atención, las palabras llenas de aroma y color, todo lo que me hacía disfrutar. La novela está subrayada por doquier. La he vuelo a leer. Leer a Rivas es como escuchar Tosca, el Mesías o la Pasión según San Mateo. Es puro gozo: ¿Qué me quieres amor?; La lengua de las mariposas; Ella maldita alma; El lápiz del carpintero; todas ellas son deliciosas, pero El último día de Terranova es algo especial. Es como si las palabras disfrutasen por estar ahí, viviendo en esas páginas. Los personajes son originales y creativos, son tiernos y cultos, están vivos, pero, más que vivir, juegan con la vida. Están envueltos en palabras y libros. Son de izquierdas y surrealistas. Hoy los llamarían perro flautas.

Es como, si en vez de un alma cada uno de ellos tuviera varias. Tantas que se les salen por las costuras de las costillas. Creo que Rivas tenía que haber titulado así esta novela: Almas

Casandra Wilson: Fragile

2 de marzo de 2019

Voracidad

Uno de los recuerdos de la infancia que atesoro y que he ido reescribiendo y pintando en esa historia que nos contamos y llamamos vida, es el de la voracidad de los cerdos del tío Ceto. Cuando era niño muchos fines de semana subía, con mis padres y hermanos –somos 6- al caserío de un hermano de mi madre, el tío Aniceto: Una finca plantada de cerezos, higueras y manzanos, supongo que no muy lejos del pueblo, porque subíamos dando un paseíto, entre prados y vallas de piedra, correteando y cantando canciones, monte arriba, con la bolsa de la comida. Para comerla a la sombra de un castaño, escuchando las abejas y el viento suave en las hojas. Supongo que estaba cerca, pero para mi mirada de niño subir al caserío era como hacer una excursión al Amazonas o al Serengeti.

Mi tío Ceto tenía allí una cabaña, con vacas y varios cerdos. Yo estaba impresionado con los animales. Algunas de las camadas eran de jabatos, porque el monte estaba muy cerca y a veces las cerdas quedaban preñadas de jabalíes. Mi tío cocía la comida de los cerdos y la servía, aún hirviendo, en los pesebres. Los cerdos eran tan voraces que se lanzaban a devorar, empujándose y gruñendo, y al comer se quemaban, gritaban y se apartaban, pero les vencía el ansia y volvían una y otra vez a meter el hocico en la comida burbujeante, y a quemarse y chillar de nuevo.

Desde entonces siempre he representado el ansia y la voracidad con la imagen y los gritos de los cerdos del tío Ceto. Pero es que la voracidad ha sido y es una constante en mi vida. No sé vivir sin voracidad. Sueño con una vida equilibrada, tranquila y sosegada, aspiro a disfrutar, pero no puedo. Me vence el ansia. El ansia por leer, por acabar el libro nada más empezarlo. Para leerme otro. El ansia por escuchar mucha música, por escribir, por viajar a mil ciudades, por hablar con todos, por comer y beber, por acariciar con mis ojos las sonrisas de tantos amigos.

De alguna manera, es como si desease lo apolíneo, el disfrute de la belleza, la serenidad, la pureza, la poesía y el conocimiento, pero me viese por instinto impulsado hacia lo dionisíaco, la pasión por la vida y el gozo. Y casi siempre domina la voracidad del animal que hay en mí.

Les dejo con la soprano sudafricana Pumeza Matshikiza

Puccini: La Bohème/ Act 1. "Sì. Mi chiamano Mimì.

13 de marzo de 2019

Mujeres

K. Y. Sonbonmatsu estudió astrofísica en la Universidad de Colorado en Boulder, una universidad con un campus precioso, entre cuyos profesores e investigadores se encuentran algunas de las personas que más quiero y admiro.

Sonbonmatsu nació mujer en un cuerpo de hombre y tuvo que pasar por el duro trago de cambiar de género. Ahora se llama Karissa y es la directora del Grupo de Biofísica y Biología Teórica de Los Alamos National Laboratory, en Nuevo Méjico. En su laboratorio estudian modelos numéricos de los ribsomas, los orgánulos encargados de traducir el código genético. Sus descubrimientos suponen una vía por la cual el entorno es capaz de afectar la construcción de un ser humano.

En una charla en TED Karissa se pregunta qué es ser mujer. No es simplemente tener cromosomas XX, tiene que ser otra cosa, porque ella se sabía mujer teniendo testículos. En la charla comenta que el cerebro de toda persona tiene diferentes zonas, algunas de las cuales se desarrollan más en las mujeres y otras en los hombres. El cerebro de la mujer es distinto.

Ella se pregunta: ¿Qué hay en mí que me hacer ser yo? Karissa, al final de su charla, deja caer una idea preciosa que no llega a desarrollar. Quizá, dice dirigiéndose a un público de mujeres, quizá, ser mujer es también reconocerme en vuestros ojos. ¡Efectivamente! Yo, siendo hombre, también me permito decir que ser mujer es algo más que los cromosomas XX, y un cerebro diferente. Parte de la riqueza y complejidad de ser mujer, parte de la maravilla y del oprobio, está fuera de la propia persona, está en la sociedad, en las otras mujeres e incluso en los hombres que rodean a cada una.

La parte de la mujer que reside en todas las mujeres y hombres ha cambiado enormemente a lo largo de la historia y sobre todo en las últimas décadas. El feminismo ha logrado levantar a la mujer del estado de postración y esclavitud en la que las culturas primitivas y las religiones la habían tenido siempre sometida. Aún queda mucho trecho por recorrer. Hemos progresado, claro, pero la sociedad está aún empapada de moralina y sexismo. De desprecio por las mujeres. De considerar que son simplemente novias, esposas, madres, objetos sexuales y decorativos. Lindas, tiernas, dulces y sensibles. Trabajadoras, sí, pero sin coraje ni ambición.

Le queda mucho trecho al feminismo, para quebrar techos de cristal y derruir los presupuestos vergonzantes de la historia machista. Nos queda mucho como sociedad por avanzar en la construcción de un mundo de personas. Con hombres y mujeres, claro, pero sin sesgos, racismo, xenofobia, homofobia, machismo ni vergüenza. Con ética en vez de moralina. Nos queda mucho como personas por avanzar en la construcción de un mundo donde podamos mirarnos a los ojos de los demás y no sentir vergüenza.

https://www.ted.com/.../karissa_sanbonmatsu_the_biology...

Helene Grimaud. Beethoven. Piano Sonata No. 17 in D. Mino, Opus 31

15 de marzo de 2019

Ser feliz.

Aprendí hace unos años algo que me gustaría compartir con ustedes: ¿Cómo ser feliz? La fórmula es sencilla. No se trata de cumplir tus sueños, no se trata de decirte que eres maravilloso, no se trata de buscar quien eres, ni siquiera de lograr ser como deseas. No. Es mucho más fácil. Se trata de aprender a quererse. No eres perfecto. Ni siquiera lo soy yo a pesar de lo que creía mi abuela, mi madre sigue pensando y mi cuñada cree que yo creo. No. Tengo, como todo hijo de vecino, hábitos, debilidades y miserias y, supongo, algunos miedos pequeñitos, ahí escondidos bajo hojas secas y polvo. Pero no tengo la culpa. Para aprender a quererse basta con descubrir que no somos libres de ser como somos. No somos dueños de nuestro destino. No somos culpables de nuestro pasado. No pudimos hacer ninguna otra cosa que lo que hicimos. Todo lo hicimos lo mejor que pudimos o supimos. De verdad: no nos quedó otro remedio. Para hacer otra cosa hubiéramos tenido que ser otros. Y no lo éramos. Y por eso nos merecemos querernos. Yo me quiero mucho, muchísimo, a mí mismo. Pero no porque sea el más inteligente, el más guapo, el más dulce o el más culto. Conozco a muchas personas -muchos de ustedes de hecho- que me superan en cada una de esas facetas. Me quiero porque soy como no me ha quedado más remedio. Siento ternura por mí. Pero, al mismo tiempo eso me hace querer a los demás.

Cuando de verdad conoces a alguien te das cuenta de que va vadeando su vida, como puede, la mayor parte del tiempo a ciegas, que la vida le va viviendo, sin pensar demasiado, preocupado por pequeñas cosas, tareas sin importancia que gastan sus días. A veces incluso persiguiendo sueños que cree que son suyos. Cuando de vez en cuando hace un alto y mira alrededor, cuando escucha el viento o huele una flor, cuando vuelve a acariciar, o a respirar hondo, cuando escucha con atención el terciopelo de otra voz, entonces descubre que otro trozo de vida se le ha escurrido como agua entre los dedos. Nos pasa a todos. ¡Cómo no vamos a sentir cariño por alguien que entendemos tan bien! Estamos todos en el mismo camino, aunque la mayor parte del tiempo no nos demos cuenta.

Un día, caminando bajo la lluvia por La Laguna, con un concierto para oboe en los oídos, respiré profundamente y descubrí que era feliz. Porque descubrí simplemente que me quería. A mi y a la viejita que se apresuraba bajo la lluvia. Cuando descubrí que no era culpable de ser como soy, que no era digno de aplauso u oprobio, que tampoco lo eres tú, ni él o ella, entonces empecé a querer a la gente. Aunque sean mala gente, o buena, o mejores que yo. O más libres. O más guapos. O más dulces. O más orgullosos. O más mezquinos. O más tristes. Sólo entonces empecé a quererme a mí mismo. Y a los demás. Y a amar la vida. Y a no temer a la muerte. Y a ser, simplemente, feliz.

Trio Mandili - Kakhuri

10 de abril de 2019

Crueldad

De pequeño, en el pueblo, cazaba gorriones con mis hermanos. Recuerdo abrigar en mi puño de niño un pájaro. Sentir el miedo latiendo caliente y rápido en un cuerpo mucho más liviano y frágil de lo que podía imaginar. Y recuerdo matarlo.

¿Cómo era capaz de hacerlo con naturalidad?

No puedo concebir desde mi yo actual la crueldad del niño que fui. Imagino que privaba al gorrión de belleza y ternura, de la magia viva con la que lo veo ahora.

Recientemente he releído los relatos de Jack London. Me ha impresionado, sobre todo, el retrato de la crueldad en "Bâtard". Jack London es un maestro narrando el animal salvaje que llevamos dentro: lo hace hablándonos de tundras y lobos, de perros y trineos, de personas y animales en contacto estrecho con la naturaleza de Alaska. Pero lo que hace realmente es hablarnos de cómo somos. De lo animales que somos. Vivos pero duros y crueles.

El libro cruel que más me ha marcado ha sido "Si esto es un hombre" de Primo Levi. Debería ser obligatorio leer a Primo Levi. El relato de su estancia en Auschwitz nos enfrenta a lo peor del ser humano. Parece inconcebible tanta crueldad. Pero no sólo de los nazis: los alemanes que miraban para otro lado eran personas. Que no querían saber qué ocurría.

Y eso es exactamente lo que estamos haciendo nosotros ahora: no queremos saber qué ocurre en Sudán, Haití, o la República Centroafricana.

Nos preocupamos por las majaderías que dicen Casado o Abascal pero no de lo que ocurre en Gaza o Argelia. Supongo que igual que los alemanes en los años cuarenta o yo de niño, privamos de humanidad a las personas del tercer mundo, los privamos de belleza y ternura, de la magia viva que tienen como personas. Es más fácil mirar para otro lado y decirnos que no podemos hacer nada. Que no los tenemos latiendo de miedo en nuestro puño.

La Catedral: III. Allegro solemne

27 de mayo de 2019

¡Me dieron el premio de relato breve "un pequeño paso para el hombre..." del Museo de Ciencia de Valladolid!

Estoy eufórico. Les copio el relato, a ver si les gusta:

Como un pergamino.

El teléfono me despertó a las dos de la mañana. Tras unas pocas palabras un vacío enorme y frío me llenó el pecho. Bajé a la sala y me serví un güisqui de una botella que llevaba veinte años en el fondo del armario. Salí al patio y vi una Luna redonda y blanca como la muerte, como el pergamino tenso de un tambor. La vi con los ojos de mi padre, y la Luna escuchaba, tranquila, a las cigarras dictando el latido de la noche.

Mi padre me enseñó a amar la Luna. En realidad mi padre me enseñó a amar todo lo bello: la ternura de Bach, el alma de Haendel, el cristal de María Callas, la luz de la Luna atrapada en el mármol de Miguel Ángel, la sobriedad de una iglesia románica, la mirada triste y serena de Velázquez, la música hecha color y perfume de García Lorca, la aventura de Walter Scott, la vida secreta de los árboles, la vibrante riqueza de los insectos, la inmensidad caótica de las estrellas. El pergamino limpio de la Luna llena.

Mi padre me sacaba de paseo muchas noches de Luna llena, a mis siete, nueve, once años. Y, con su voz de color ámbar oscuro, como el vidrio de una cerveza, con mi pequeña mano en la suya de hombre, me hablaba de música y de arte, de poesía y de amor a la vida. "¿Te imaginas…", solía empezar sus frases, "… a los lobos que aúllan ahora, a esta misma Luna, en las colinas de noche y frío de Siberia? ¿Por qué cantan? ¿Será que les desborda la alegría, la fuerza y las ganas de vivir? ¿O aúllan para ahuyentar la muerte?"

"Si García Lorca y Miguel Hernández vivieran, la Luna no sería pergamino de tambor, sería pandereta, y rielaría en los olivos, y haría cantar a los gitanos, como a lobos, con sus palmas marcando el latido de su alma. Cantar a la Luna, a la vida herida y al amor y a la muerte."

"¿Te imaginas a un pintor de Altamira, un lejano antepasado nuestro, sentado delante de su cueva, escuchando con la Luna estas mismas cigarras y pensando en bisontes, jabalíes, ciervas y lanzas? En un mundo solo de árboles, animales, arroyos y montañas. La Luna para él no es de pergamino sino de hueso descarnado, pero está ahí mismo, como está ahora, viéndole sonreír en mitad de la noche perfumada."

La conversación que mejor recuerdo tiene ya cincuenta años: "Ayer, un americano, Neil Armstrong, caminó sobre la Luna. ¿Te imaginas el gozo de hundir los pies en el suelo blando, la alegría de dar sin esfuerzo inmensos saltos sobre el polvo plateado, con una Tierra grande y azul sobre los ojos y un cielo preñado de estrellas de colores vivos como bombillas de verbena? Si yo fuera Armstrong me tumbaría sobre las espaldas de la Luna, con los brazos en cruz y la palmearía, por primera vez, como se saluda a un amigo fuerte, grande y honesto, para darle con ese abrazo las gracias por la compañía en las noches de nuestros antepasados. Por todas las noches en que ha escuchado con nosotros a las cigarras, por todas las noches de cortejo de nuestros padres y abuelos, por todas las noches que nos ha iluminado para bailar."

Mañana iré por última vez a casa de mi padre. A decirle adiós. Y besaré su frente que estará ya fría y blanca como un pergamino.

Y besarle la frente será como besar a la Luna.

A. Marcello - Oboe Concerto in d minor (Marcel Ponseele, baroque oboe / Il Gardellino)

2 de junio de 2019

El pan mojado

Marta se sacudió la tiza y salió de clase. En su mente aún resuenan las últimas frases *"La Tierra se ha estado enfriando durante los últimos 40 millones de años, debido a la disminución del CO_2 del aire ..."* Hace una mañana preciosa y Marta cruza por el parque de camino al laboratorio. Una niña de unos dos años está sentada en la arena, con un trozo de pan rechupeteado en la mano. Al acercarse Marta la niña se levanta y camina hacia ella. *"... en bicarbonatos y acaba siendo arrastrado por los ríos y enterrado en sedimentos. Si consiguiéramos aumentar la cantidad de lluvia contrarrestaríamos el calentamiento global generado en las últimas décadas"* Marta desea con toda su alma tener un hijo: cada vez que ve un bebé se le encoge el estómago. Son tan dulces y tan tiernos. Tiene tantas ganas de querer con todo su yo a un pequeñín… "*Sé que no puedo tener un bebé hasta que no tenga un trabajo estable, pero ¡son tan bonitos! ... Lo que llamamos olor a mar tiene entre sus componentes el dimetilsulfuro, emitido por el fitoplancton. Alrededor de esta substancia se concentra el vapor de agua y forma las gotitas que dan lugar a las nubes. Si consiguiéramos aumentar el metabolismo de...*" La niña se agarra del pantalón de Marta y se lo deja pringado de pan mojado. "*Mira estas manitas con los nudillos hacia adentro"* El abuelo llama a la niña desde el banco: ¡Alicia, ven! *"...las algas aumentarían las lluvias, disminuiría el CO_2 del aire y enfriaríamos la Tierra"* Pero la niña, todo ojos y sonrisa, mira a Marta como pidiéndole algo. ¡Hola bonita! dice Marta ¿Me das un poquito de pan? La niña alza los brazos pidiendo que la cojan. Marta coge a la niña en brazos y le da un beso en la mejillita. La niña agarra el pelo de Marta con las dos manos y le da un mordisco lleno de babas en la nariz. Marta, con las piernas temblando, deja a la niña al lado del abuelo. "*¡No voy a esperar más! Voy a tener un bebé aunque no tenga plaza fija. Saldremos adelante, seguro que sí. Igual Manuel consigue encontrar trabajo, y es tan dulce con los niños. Vamos a ser tan felices...*" Marta se sacude el pantalón pero la mancha de pan mojado no desaparece. Marta da media vuelta y se dirige apresurada hacia casa, donde Manuel estará haciendo la cama...

Víkingur Ólafsson – Bach: Concerto in D Minor, BWV 974 - 2. Adagio

24 de julio de 2019

Bach

Son las ocho y media de la tarde de un miércoles de verano. Suena el Clave bien temperado en la interpretación a piano de Till Fellner y me empapo de sosiego y paz. Soy feliz, equilibrada, tranquila y plenamente feliz.

¿Cómo puedo sentirme bien sabiendo que existe la angustia, la pena y el sufrimiento de tantos? ¿Me he vuelto ciego, sordo y cínico?

No lo sé. Pero me siento profundamente bien.
Debe ser culpa del piano, de Bach o de esta tarde de verano....

Till Fellner: Bach: Das wohltemperierte Klavier I - Music Streaming - Listen on Deezer

31 de marzo de 2020

En memoria de mi madre

El lunes 16 de marzo a mi madre se le paró el corazón. Tenía 88 años y estaba muy flojita, pero nos pilló por sorpresa. En los últimos meses había poco a poco retrocedido a su infancia, había en gran parte dejado de ser ella.

Supongo que todas las madres son especiales para sus hijos. Una de las grandezas de la humanidad, quizá lo mejor que tiene cada ser humano, es la madre.

Mariuca es, ha sido, será siempre, la primera mujer de mi vida. Y siempre la veré como la materialización de la alegría. Si hay una palabra que describa a mi madre es esa: alegría. Porque mi madre era como entrar a saltos en el mar, como tirarse sobre las olas, sobre la espuma, era como reír a carcajadas, hasta que te duele la cara, era como la dulce alegría de sentir una mano de mujer en la tuya. Mi madre era la alegría de vivir y de compartir, la alegría que se siente al ayudar a los demás, al querer y sentir que te quieren.

Siempre la veré bailando una jota montañesa con su hermana, mi tía Loly, o cantando, siempre cantando, cantando coplas a voz en cuello mientras cocinaba, fregaba los platos o limpiaba la casa: Angelitos negros, Están clavadas dos cruces, Caminito verde, María de las Angustias… Siempre cantando. Y ahora me pregunto: ¿era fruto de la felicidad, de la plenitud y de la vitalidad que sentía, que se le escapaba por la boca?

Y cantando con mi padre de paseo, primero con cuatro y luego cinco y más tarde seis churumbeles correteando monte arriba, el más pequeño en sillita, entre piedras y olor a hierba, entre manzanos y flores, con la merienda en una cesta. Aún puedo cantar sus canciones: Colín, colín, coliendo flores; En el campo entre las flores; De colores se visten los campos...

Recuerdo a mi madre leyéndonos Nils Holgersson bajo un árbol en la sobremesa de alguna excursión, y al tiempo viajaré con su voz a lomos de un pato recorriendo Suecia.

Mi madre era católica hasta la médula. Con toda la intensidad y profundidad que se puede vivir la religión. Siempre me decía que rezaba por mi, para que Dios me concediese la fe, pero que yo tenía que poner algo de mi parte, que yo también tenía que rezar a Dios para que me hiciese creer en él. Nunca lo consiguió, porque soy muy duro de mollera. Pero ella no desfallecía.

Mi madre vivía la religión con una entrega total a los demás. Siempre la recuerdo preparando cursos y cursillos y reuniones y haciendo trabajos y discusiones sobre religión. Hace unos años a la entrada de la iglesia una mujeruca estaba pidiendo limosna. Mi madre se dio cuenta de que no tenía dientes, así que en vez de darle una limosna la llevó a un dentista y le pagó una dentadura postiza.

Recuerdo, de adolescente, acompañar a mi madre a misa, a diario, durante los mayos aquellos de flores y vírgenes. Y sentir la delicia de su orgullo por mí. Y el amor limpio y transparente como agua de manantial, por mi madre. Por mayo. Por la vida.

Me parece estar viendo a mi madre cocinando como sólo pueden cocinar las madres. Esos platos que saben a infancia y ternura, a amor limpio.

Mi padre escribió, allá por el 2006, un libro de memorias. Así relata como conoció a mi madre: "La llegada de Mariuca a mi vida no fue de repente. Más bien la puedo comparar con el amanecer para alguien que ha vivido siempre en la noche. [...] Y, de pronto, ve amanecer. Y se pregunta si eso será verdad. Si puede haber una persona así. Si, en la oscuridad, puede nacer aquella luz. Y se palpa por si está soñando. Y luego, cuando avanza la luz y lo inunda todo, empieza a ver la vida distinta, la gente gana color, las cosas se embellecen". Mis padres se han querido mucho y yo siempre he visto en sus ojos esa luz. Cada día. Como si fuera la primera vez.

Mi madre estará siempre conmigo, siendo lo mejor de mí. Y yo estaré con ella en cada amanecer, en el olor de las manzanas y la tiza, en los buenos libros y en la música. Estaré con ella cuando disfrute de mis hijos y de mis hermanos. Estaré con ella entre las rocas y los árboles. Y cada vez que me inunde la belleza, cada vez que los ojos se me llenen de lágrimas y de miel y flores de almendro.

La tua voce (feat. Gianmaria Testa)

22 de abril de 2020

Esperas

Te has arreglado, como siempre, y esperas, junto a la ventana, al otro lado de la lluvia gris. Pero sabes que tampoco hoy va a sonar amarillo y brillante el timbre que te saque de casa.

Esperas, porque es lo único que puedes hacer, mientras Véronique Gens desgrana otra vez la tristeza lenta que te llora tan adentro.

Etudes latines: Néère

5 de noviembre de 2020

Lorca

Mi mujer está ensayando en el piano, con sordina, para no molestar, y toda la tarde se inunda del sonido apagado y tierno, goloso, cálido y un poco triste, del piano. Y yo, esperando la noche que me acalle, leo poemas de amor junto a la ventana. Leo a Rosalía de Castro, Quevedo y Lorca. De este último el precioso soneto que dice

Pero yo te sufrí. Rasgué mis venas,

tigre y paloma, sobre tu cintura

en duelo de mordiscos y azucenas.

Llena pues de palabras mi locura

o déjame vivir en mi serena

noche del alma para siempre oscura.

¡Léanlo en cuanto puedan, ya verán que hermosura!

«Amor de mis entrañas, viva muerte» de Federico García Lorca por Irene Escolar

3 de diciembre de 2020

Ulises y Calipso

La diosa Atenea se apiada de Ulises y le pide a Zeus que le levante el castigo, que le permita volver a casa. Zeus accede y envía a Hermes, el mensajero, a pedirle a la ninfa Calipso que libere a Ulises, que le permita salir de la isla donde lo tiene recluido desde hace siete años. En el momento de la visita de Hermes, Ulises está llorando en la playa, porque añora Ítaca y a su esposa Penélope.

Es curioso que Ulises vea la estancia en la isla como un castigo, porque Calipso, la ninfa de las largas trenzas, es inmortal, joven y deslumbrantemente hermosa. Y está enamorada de Ulises, y le ha ofrecido la inmortalidad si se queda con ella, amándola en las tibias noches de la isla del Egeo con olor a olivo y romero. La cueva en la que duermen está rodeada de árboles, viñas y multitud de arroyos. Y los cielos están llenos de pájaros y de luz. Calipso regala a diario a Ulises con exquisitas comidas y le canta canciones. Pero Ulises quiere volver a Ítaca, que es una isla seca y con poco arbolado, con demasiada pendiente para poder correr a caballo. Y Penélope es mortal y envejece, y no es tan bella como Calipso y, aunque admira a Ulises y parece quererlo y añorarlo, no sufre las brasas del amor que atormentan a Calipso. Pero, aún así, Ulises quiere volver a su Ítaca y a su Penélope, prefiere ser mortal, envejecer, y abandonar a la joven -para siempre joven- de largas trenzas y ojos llenos de amor; prefiere dejar los festines diarios y dejar a la ninfa con la que se revuelca, piel de humano contra piel de diosa, en las tibias noches de la cueva; prefiere dejar a la hermosa joven, a los olivos, los bosques y los pájaros; todo por volver a Ítaca y a Penélope.

¿Por qué quiere volver Ulises? ¿Quiere volver porque ha convertido a Ítaca en la utopía que da sentido a su vida? ¿Por amor al Ulises que fue, el que construyó su casa y su hacienda, el que engendró un hijo, el que partió a luchar a Troya? La libertad de la que quiere disfrutar ¿consiste en vivir peor, pero vivir la que fue su vida? Una vida que quizá ya no sea la que recuerda. ¿O quiere volver para morir en su isla? Quizá. Pero quizá, simplemente, quiere volver porque de verdad ama a Penélope y lo que ansía es sus besos y envejecer dulcemente junto a ella.

Pink Martini - Amado Mio | Live from Seattle - 2011

22 de abril de 2021

Los labios del horizonte

Braulio escucha en la radio “The Tightrope” de la banda sonora de The Greatest Showman y, de golpe, se acuerda de Ruth.

Posiblemente por primera vez desde hace cuarenta años. Por aquel entonces Braulio era tan nuevo en esto de la vida que creía que lo que debía hacer era representar un papel. Y lo eligió con cuidado, a partir de libros, de películas, del hermano de su profesor de física, que tras seis meses embarcado en un carguero vivía con un perro grande y tonto en un faro, tocando una flauta travesera de plata. Así que Braulio se hizo farero y se dejó barba y empezó a fumar tabaco dulzón en una pipa de brezo. Y vestía camisetas de algodón de anchas franjas azules y blancas y pantalones de lino sueltos y sandalias de cuero. Y aprendió a tocar la flauta travesera. Y a intentar lamerse heridas que no tenía y a sentir nostalgia por pérdidas que no había sufrido. Al acabar cada noche se envolvía en una manta y se sentaba sobre los guijarros de la playa, oyendo romper las horas, con su espuma de minutos golpeándose unos a otros al caer de nuevo hacia el agua negra con olor a algas y sal. Y después, la voz de los pájaros iluminaba el fondo del cielo hasta apagar cada una de las estrellas. Y luego, con el mismo gesto decidido que años más tarde haría Luisa, Aurora, la de los rosados dedos, pintaba de carmín los labios del horizonte. Y Braulio se tumbaba y cerraba los párpados al Sol. Y se dejaba envolver en la serenidad de haber representado el papel elegido.

Una mañana de abril, tumbado sobre los guijarros oyó acercarse unos pies descalzos. Era una chica regordeta, de larga melena negra y falda hasta los pies, acompañada de un cachorro de setter, pelirrojo, muy delgado y tembloroso.

– Ese perrito tiene moquillo, dijo Braulio.

– ¿Puedo sentarme a tu lado? dijo la chica.

– ¡Claro! ¿Te llamas Ruth? Tienes todo el aspecto de llamarte Ruth.

El perro se tendió entre ambos.

– No. Pero me gusta ese nombre. Puedes llamarme así, dijo encendiendo un cigarrillo que llenó la playa de olor a tierra negra, a hoguera de campamento de chabolas, en la que se quema algún trapo. El veterinario me ha dicho que le quedan pocos días. Que lo mejor es que le ponga una inyección para que duerma para siempre. Pero a mí me da tanta pena…

Braulio, al ir a acariciar al perro, se encontró con la mano de Ruth, y al tiempo que sentía los huesos frágiles de pajarito bajo el rojo pelo del perro, sintió la dulce suavidad de la mano de la chica. Y al levantar la vista se cayó en unos ojos del color del azúcar fundido, y se callaron los pájaros que habían encendido el día y calló mar y los guijarros, y desaparecieron el Sol, el perro y el tiempo. Y sintió que se quedaba sin aire, tal vez no volvió a respirar hasta que perdió la virginidad tras entrar al faro de la mano de Ruth. Y hundir sin aliento su cara en el pecho de ella. Y sentirse bebé, y querer alimentarse de su madre y ser de nuevo pequeñito y sentir su piel envuelta en otra piel y en caricias. Y después viajar despacio hacia abajo, y beber el placer de

Ruth. Y, por primera vez en su vida, sentirse poderoso, y en cada movimiento ir tensando más y más, y más, los tirantes de una catapulta, hasta no poder más y liberarla. Y caer al mar desde un acantilado altísimo. Luego respiró y se quedó dormido.

Pero al pasar los días algo no iba bien: Ruth estaba triste. Más bien parecía vivir en la tristeza. Decía, a menudo, que no soportaba la vida monótona y ordenada, beber siempre de la latita azul de la costumbre. Que se sentía como un león en un zoo. Un león que soñaba con desgarrar el aire de papel verde de la selva y hundir las fauces en sangre caliente. Pero Ruth no hacía nada para huir de los mismos gestos de cada tarde o cada noche. Cada día tenía los ojos más tristes. Parecía haber elegido representar el papel de chica triste.

En las noches de lluvia y viento encendían la chimenea y el adagio de Barber, el quinteto de cuerdas de Schubert o la quinta sinfonía de Mahler. Y mientras Braulio miraba las llamas y bebía cognac, Ruth leía poesía en voz alta. Una noche leyó El león triste de Lorenzo Gomis. Y Braulio descubrió el origen de la latita azul de la costumbre y de los sueños empapados de sangre caliente de gacela.

Ruth con su voz oscura de tabaco negro leía un poema que hablaba de la tristeza de un león encarcelado en una vida fácil, con la comida siempre a punto, con la pereza a mano. De un león que no luchaba por vivir porque lo tenía todo. Sólo en sueños aparecía la lujuria de la sangre y de la muerte, de la lucha, del sudor y la carrera. Ese dejarse vivir fácil y blando, sin ambición y sin miedo, pero sin el equilibrio que da el quererse a sí mismo o el querer a otro.

El león estaba triste porque no sabía para qué vivir. Y por eso, a veces, rugía con fuerza, porque es mejor, a menudo, rugir que esperar disciplinadamente la carne de las doce. Porque es mejor, a menudo, rugir que esperar modestamente a que nos traigan el agua indispensable en la latita azul de la costumbre. Rugir por rabia, por no saber encontrar sentido al absurdo de vivir. Y eso le pasaba a Ruth. No sabía por qué estaba triste, aunque visto desde hoy, cuarenta años después, Braulio lo ve claro: Ruth no sabía para qué quería estar viva.

Braulio se ahogaba en la tristeza de Ruth.

- Ruth, me voy. Siento que eres como un ancla que tira de mi hacia el fondo.

- No lo hagas, Braulio. ¿Qué es lo que quieres? ¿Vivir una vida vulgar? ¿Casarte con alguna chica insípida y tener un coche delante de tu casita, una hipoteca y dos niñitos rubios? En eso te hundirás si me dejas. En una vulgaridad burguesa, simple y sosa.

Pero Braulio se fue del faro. Abandonó la música junto a las llamas y la espera del amanecer que traían los pájaros, y el sentir el Sol en los párpados, tumbado sobre los guijarros, y la piel de Ruth y sus ojos de caramelo fundido y su tristeza. Y volvió a casa de sus padres. Y pasó meses perdido, saliendo a pasear sólo, yendo a discotecas sólo, a bailar sólo, como un loco. Sólo.

Pero un día se cruzó por la calle con los rizos rojos de Luisa y con sus pecas. Y con su falda corta. Y con su risa. Y con sus juegos. Y con su alegría. Hacer el amor con Luisa era una carrera de picardía, de enredos y seducción. Eran risas y peligro. Y experiencias dulces. Y ternura. Era, en palabras de Lorca, rasgarse las venas, tigre y paloma, sobre su cintura, en duelo de mordiscos y azucenas.

Han pasado muchos años y Braulio tiene un coche delante de la puerta y dos hermosos hijos, que de pequeños eran rubios. Pero no se siente atrapado por la vulgaridad, ni por latas azules de costumbre, ni sueña con llenarse la boca de sangre fresca. Porque junto con la alegría de Luisa ha encontrado viajes y vida y aventuras y serenidad y paz. Y una alegría interior que sólo sabe achacar a que ha aprendido a quererse queriendo a Luisa y a la vida. O quizá a su falda corta y a su sonrisa. O a amanecer cada mañana junto a sus pecas y su pelo rojo, mientras los pájaros cantan sobre el árbol del pequeño jardín. O tal vez, simplemente, a la barra con la que Luisa pinta de carmín, cada mañana, el horizonte de su boca.

Hoy, al oír The Tightrope se ha acordado, tal vez por primera vez en tantos años, de Ruth y su tristeza. ¿Qué habrá sido de ella? ¿Seguirá leyendo poesía con su voz oscura de tabaco? ¿Seguirá nadando en tristeza y soñando con bañarse en sangre de gacelas? Nunca podrá saberlo, porque Ruth no se llama así, aunque, tal vez, lea este relato y sepa que Braulio, hoy, se ha acordado de ella.

The Greatest Showman Cast - Tightrope (Official Audio)

3 de junio de 2021

El mandril

El calor preñado de cigarras y pájaros despertó a Kaar en la llanura pedregosa. Tenía tanto hambre que se atrevió a cruzar el río de frío y miedo que le separaba de la colina llena de fruta que, desde que nació, había sido su horizonte. Le siguieron dos hembras y un macho joven. Aunque un cocodrilo se deslizó hacia el agua, no les alcanzó. Empapados, temblando, olieron la fruta y se encontraron con un muro de colmillos y garras de mandril que les empujaron de vuelta al río. Kaar mira con hambre y tristeza la colina desde la llanura pedregosa.

<u>El Kol Nidrei de Bruch</u>

12 de junio de 2021

He desmontado el discursito que leí en la boda de mi hija, y lo he vuelto a escribir, ahora como si fuera un cuento. En realidad lo escribí en enero del 2020, antes del fallecimiento de mi madre, pero he preferido dejarlo sin cambiar. Aquí va:

Toda la belleza de mi mundo

El último día que pasamos en Damasco volvimos a visitar la Gran Mezquita. Olía a incienso y a silencio y a serenidad y caía la tarde. Un haz de luz muy inclinado, preñado de polvo dorado, cayó sobre los azulejos verdes y azules del fondo de la mezquita e iluminó un pequeño mueble con estantes de roble y varios libros viejos. Estaban todos en árabe, excepto uno, escrito en romance. Estaba fechado en Toledo en el Año del Señor de 1017. El título era *El judío y la lámpara de los deseos*. Bueno, en realidad, el título era *El Ladino y la lámpara de los deseos*. La historia era básicamente la del cuento de Aladino y los 40 ladrones, aunque en esta versión eran sólo 7. También difería el final. El judío al frotar la lámpara no despertaba al genio, sino que descubría una inscripción que decía: "*Para liberar al genio de los tres deseos deberás encerrar en tres palabras toda la belleza de tu mundo.*"

A continuación listaba los intentos de Aladino de encerrar en múltiples grupos de 3 palabras toda la belleza de su mundo. Empezaba con tesoro, cielo y luz.

Tesoro por el brillo de las joyas y del oro,
cielo por todo el azul profundo pero sin fondo,
y luz por el brillo del agua del oasis tras caminar bajo el sol del desierto.

Y luego probó con pan para encerrar el crujido recién hecho con olor a vida,
con aire para la cima de la montaña que se llena de horizontes,
y con arpa para para atrapar el delicado sonido de un arroyo.

Y probó con espuma para la alegría de los saltos al entrar en el mar,
con labios para la ternura húmeda del primer beso,
y con caricia para la promesa de amor de una mano de mujer en la tuya.

Y luego con musgo para encerrar la delicadeza del rocío,
con rubí para la luz del amanecer,
y con mariposa para el color de los pétalos y las alas.

Y con mirlo para atrapar al tiempo jugando con el aire en el canto del ave,
y con juego para encerrar la maravillas de estc país de Alicias.

El resto del manuscrito era ilegible. Contenía varias páginas con letras sueltas, con trozos de lineas de cobalto retorcidas sobre el dorado pergamino.

Estoy seguro de que incluiría:
a los peces que se deslizan lentos entre corales y anémonas;
al amor limpio, profundo y completo del que cree en Dios;
a los potros que trotan sobre el prado porque les sobra vida;
a la sonrisa que ilumina tu cara cuando te despiertas a mi lado;
a las mil arrugas junto a los ojos que han aprendido a no temer la muerte;

al silencio de la tarde en el pueblo adornado de cigarras, ladridos y cencerros.

Si yo encontrase la lámpara maravillosa no usaría
los peces, el silencio o los potros,
ni la sonrisa, el amor o el juego,
ni el rubí, la mariposa o el cielo,

ni el arpa, el mirlo o el musgo,
ni la espuma, la caricia o los labios,
ni siquiera el pan, la luz y el beso.

No. Yo encerraría toda la belleza de mi mundo en tres palabras que susurraría al genio, muy bajito, en sus oídos de lámpara.

Le diría: Madre, esposa, hija.

Aunque pensándolo mejor, quizá no despertase al genio de su sueño de siglos. ¡Para qué, si no quiero deseos! ¡Para qué, si ya tengo todo lo que quiero! Si ya tengo a mi madre, a mi esposa y a mi hija.

¡Qué más deseos quiero, si ya tengo toda la belleza de mi mundo encerrada en tres palabras, ahí, al alcance de los dedos!

The Second Valtz: Dmitri Shostakovich

29 de septiembre de 2021

Leyendo a Kahneman

Daniel Kahneman (Tel Aviv, 1934), psicólogo y premio Nobel de economía, es un tipo realmente interesante. De entre sus descubrimientos me llama la atención la demostración de cómo distorsionamos los recuerdos. En uno de los experimentos, Kahneman dividió a unos pacientes, que tenían que sufrir una prueba diagnóstica larga y dolorosa, en dos grupos. A uno de los grupos le sometió a una prolongación de la prueba, pero ese tiempo adicional era menos desagradable. El resto de la prueba era la misma para todos. Lo curioso del caso es que los pacientes que habían sufrido más, por tener un tiempo adicional, recordaban mejor la prueba, y manifestaban sistemáticamente que el proceso había sido menos desagradable y estaban mucho más dispuestos a una repetición del mismo. Parece ser que tendemos a recordar y calificar todo el proceso en función de cómo termina. Kahneman comenta que al finalizar una conferencia, en la que estaba contando ésto, alguien del público contó que unos días antes había estado disfrutando enormemente al escuchar una magnífica interpretación de una sinfonía, sin embargo, justo antes de acabar, el disco estaba rallado y eso hizo que toda la experiencia fuera desagradable. Kahneman le respondió que no era sí, que lo que se había estropeado era el recuerdo de la experiencia, por el final, pero que el disfrute que había sentido en los primeros veinte minutos había sido real. Había sido feliz durante veinte minutos y se había sentido molesto unos segundos solamente. El tipo del público no pareció entenderle, siguió sosteniendo que toda la experiencia había sido frustrante.

Kahneman sostiene que cuando una persona dice sentirse feliz hay que diferenciar dos yo-es: el yo que siente y el yo que recuerda. El yo que siente, el que experimenta, se siente feliz en ciertos instantes, por ejemplo cuando está leyendo un buen libro, oyendo música, paseando por un bosque, comiendo algo sabroso, bebiendo un buen vino, viajando o en compañía de la pareja o amigos. Está siendo feliz. El otro yo recuerda el pasado y juzga, en general de forma distorsionada, cómo fué aquella experiencia, juzga el rato que pasó leyendo o escuchando música, paseando, comiendo, viajando, bebiendo o pasando el rato con la pareja o amigos. Curiosamente, Kahneman sostiene que las personas valoramos la felicidad que siente el segundo yo -el que recuerda- muy por encima de la secuencia de felicidades realmente sentidas por el yo que siente. En realidad, perseguimos la búsqueda de la felicidad del segundo yo, del que recuerda, muy por encima de la del yo que siente. Es para ese yo para el que cuando viajamos o estamos con los amigos sacamos fotos, es para ese yo para el que intentamos fijar los recuerdos, más que centrarnos en sentirlos. Queremos recordar que fuimos felices, aunque igual es tan grande la preocupación de que no se borre el recuerdo, que nos mantiene ocupados registrando el momento y se nos olvida sentirlo. Sostiene Kahneman que cuando intentamos ganar prestigio social o dinero, lo que queremos es alimentar al segundo yo. Para que en el futuro cuando eche la vista atrás recuerde una vida de éxitos, de logros. Cuando queremos dotar de sentido a la vida queremos alimentar al segundo yo. Por eso, dice

Kahneman, el dinero sí da la felicidad. No la del primer yo, el que siente, sino del que en el futuro va a juzgar su pasado y calificarlo como maravilloso o desastroso por un juicio en general distorsionado. Cuenta Kahneman que se ha pasado toda su vida intentando convencer a la gente de que estaban equivocados, de que una vida feliz está compuesta por una sucesión de momentos felices, no por una sucesión de momentos en los que estemos intentando fabricar recuerdos – falsamente - felices. Pero que se ha dado por vencido. Sostiene, ahora, que quien siempre ha estado equivocado tiene que haber sido él. Si realmente somos así no se puede hacer nada. Cuando decimos que queremos ser felices, lo que queremos hacer con nuestra vida es llenarla de recuerdos, - aunque sea deformados-, de éxitos, de dinero, para que en el futuro, cuando miremos nuestra vida desde los ojos, ya arrugados y sin brillo, la veamos feliz. ¿Queremos ser felices o creer que recordamos que lo hemos sido?¿Tememos tanto la decrepitud de la vejez porque puede estropearnos el final y por tanto el recuerdo de la vida? ¿Es eso parte del miedo a la muerte?

Estoy ahora mismo oyendo una música hermosa y disfrutando de teclear al caer la tarde, y espero salir luego a dar un paseo con la mano de mi chica en la mía, por el centro de La Laguna. Pero voy a salir sin cámara de fotos ni móvil. No quiero fabricar recuerdos, quiero sentir la vida, feliz y con hambre de vivir, y ver como se disuelve en cada instante, y cómo se me olvida, para siempre.

Silenzio d'amuri

30 de marzo de 2022

En memoria de mi padre

Hoy hemos enterrado a mi padre, Basilio. Falleció anoche. En el funeral he leído unas palabras que escribí en su memoria. Aquí se las copio:

Siempre es fácil encontrar algunas cosas buenas que decir de alguien que ha fallecido, pero en el caso de Basilio lo difícil es callar, ser breve. Mi padre es la persona más maravillosa que ha existido. Era un hombre bueno, inteligente y feliz. Bueno como es bueno el pan, como lo es la luz, como lo es un beso. Y sabía hacer que la gente que le rodeaba se sintiera también buena, inteligente y feliz. Sabía escuchar, hablar y escribir como los ángeles y hacía que los que estaban a su alrededor gozasen de hablar, de escuchar y de vivir. ¡Era tan lindo y tan tierno!

Basilio hizo de mi madre una persona feliz, aunque eso fue fácil, porque Mariuca fue también una mujer llena de vitalidad, de energía, y de ilusión. ¡Cuánto se quisieron! Mi padre, en sus memorias, escribió que conocer a Mariuca fue como descubrir la luz para alguien que siempre ha vivido en la oscuridad. Y esa luz la vi siempre cuando la miraba. Tener unos padres como Mariuca y Basilio ha sido una suerte que no nos merecemos sus hijos. Yo siempre le estaré agradecido a la vida, por la fortuna de los momentos que he compartido con ellos. Pero sobre todo con mi padre. Una persona enamorada de la vida y del compromiso por los demás.

Siempre trató de hacer del mundo un lugar más feliz, sobre todo para aquellos que menos teníán, pero también para los que le rodeaban.

Siempre lo recordaré caminando por el monte, buscando la siguiente cima, buscando quizá un lago de montaña, puro y transparente, como la imagen de Dios que él tenia.

Siempre lo recordaré cuando mire a mis hermanos, tan inteligentes, tan hermosos, tan dulces y tan buenos. Y cuando mire a sus nietos.

Siempre le recordaré cuando huela la tiza, cuando mire al cielo, cuando oiga música clásica o lea un libro que me guste, y siempre que camine por el monte con un palo.

Siempre que cante le recordaré cantando y cada vez que le dé la mano a alguien le recordaré dándome su mano, con su dedo porrón. Gracias a mi padre puedo decir que soy una persona feliz y que el mundo es un lugar mejor gracias a él.

Siempre le llevaré dentro de mi y sé que de vez en cuando se me escapará una lágrima o una sonrisa cuando me acuerde de lo lindo que era.

Un abrazo muy fuerte a todos, de su parte.

Marcello: Oboe Concerto in d minor

5 de julio 2022

Mozart

Debo estar haciéndome viejo. Estaba escuchando el concierto 23 de piano de Mozart por Murray Perahia y al llegar al final del adagio me he dado cuenta de que estaba llorando sin querer. Pero al notarlo he querido llorar sin freno. Pero no he podido. Algo me lo ha impedido. Tenía verdaderas ganas de llorar, sin venir a cuento. Supongo que por la belleza dulce, vibrante y triste de la vida, por el viento en los árboles, por el olor del cesto lleno de manzanas, por lo hermosas que son las mujeres, todas las mujeres, por la fuerza del potro corriendo en aquél prado en que hicimos el amor bajo el sol, por la belleza de las estrellas aquella otra noche, por los que he querido y han muerto, por todos lo que he amado, por su piel en mi mano, por la música de un piano.

Hélène Grimaud, Mozart: Piano Concerto 23, II Adagio

9 de julio de 2022

Sueño con pasear contigo, aunque aún no has nacido.

Sueño que paseo contigo de la mano, como me llevaba mi abuelo Constancio, a mis ocho, a mis diez años, mientras me contaba historias de personajes y lugares. Me contaba anécdotas de Legazpi o Tirso de Molina, de Lorca, de Cervantes, de Filipinas, de Lima o de corsarios, mientras paseábamos por las aceras de Madrid. He olvidado sus anécdotas, pero en mi memoria aún queda el olor a especias y a selva humeante, a sal y pez de barco, a humo de pólvora, a jazmines y azucenas, a tigres y piratas.

Pero yo de eso no sé. Yo, cuando te lleve de la mano quiero hablarte del tiempo, del infinito y de la vida y de la muerte. Para eso te hablaré de mi abuelo Constancio, bajito y calvorota, maestro nacional represaliado por los golpistas y del aroma de las historias que me contaba; de mi padre que tenía un dedo porrón porque lo metió en una máquina de trefilar - hacer hilo de acero- y fue la mejor persona que he conocido nunca, por su capacidad de querer a todo el mundo, por su entrega a los pobres, por su alegría vital, por su amor por los libros; te hablaré de las estrellas, de lo enormes que son y de la temperatura que hace en el infierno terrible y tormentoso de su superficie azul, blanca o roja y te contagiaré el vértigo de su distancia casi infinita en todas direcciones y de lo largas que son sus vidas y lo cortas que son las nuestras y de lo miserablemente enanos que somos; te hablaré de los dinosaurios, de brontosaurios lentos y pacientes y tiranosaurios con dientes y garras ensangrentadas, de estegosaurios tontos y triceratops peleones, y de mi amigo mineiro que es quien más sabe de ellos, y del tiempo que vivieron en la Tierra y del que llevamos nosotros. Quiero llevarte de paseo por la orilla del mar y que se nos haga de noche y mirar las estrellas, y mientras las miramos escuchar música de Bach o jazz.

Creo que lo de conocerse a sí mismo es una tontería. Lo que hay que hacer es construirse a sí mismo. ¿De verdad alguien cree que a los 8 años uno tiene mucho que conocer de sí mismo? ¿y a los 14 o a los 40? Dentro de mí hay mucho más que construir que de conocer. Mi abuelo, mi padre, las lecturas, los encuentros, los amigos, las estrellas, Bach, el jazz o mi esposa, han construido partes de mí que puedo reconocer, que son parte de lo que soy, que son la razón por la que soy feliz. Y lo que quiero es seguir construyéndome, aprendiendo chino y oyendo música, leyendo todo lo que pueda y soñando con dinosaurios y con estrellas y con pasear con mi nieto o nieta por el campo o por la playa, bajo las estrellas.

Un beso y buenas noches de sábado

Daniil Trifonov – Bach: Contrapunctus 14, BWV 1080, 19 (Compl. by Trifonov)

9 de julio de 2022

Bach, Beethoven, Haendel...

Siempre me pasa: Estoy escuchando por ejemplo a Trifonov interpretando al piano a Bach y me digo, qué maravilla, no hay nada más hermoso que ésto. Es la cumbre de la serenidad, de la dulzura, de la reflexión, del equilibrio. Me deja paralizado tanta belleza. Luego me tropiezo con Olafson interpretando un concierto para piano de Mozart, con su juego de luz y color, con la vida encerrada en melodías alegres y contenidas, con esa belleza en estado puro. (O su Requiem, oh my!). Pero luego me encuentro con el Mesías de Haendel y no puedo evitar las ganas de llorar de pura belleza, como, sin saberlo pareciera que tengo un alma, o que sé yo, algo que se hincha en el pecho y sube y sube y aún más. Pero luego me tropiezo con Tosca de Puccini y la pasión me arrebata o con la dulzura tierna y sutil de un quinteto de Schubert o con el poder de una sinfonía de Brahms o con la sugerencia hecha música de un cuarteto de Beethoven… Podría estar escribiendo horas sobre la música que me apasiona y no llegaría a decidirme qué es lo que más me gusta. Todo. Todo eso y mucho más. Escuchar música de calidad es como leer buena literatura: es vivir dos, tres veces, es sentir con intensidad, con pasión, es vivir otras vidas y disfrutarlas todas. Nunca me siento más vivo que escuchando música. Como un simple ejemplo: la vez que descubrí, que fui consciente, de que era plena y rabiosamente feliz, estaba paseando bajo la lluvia por La Laguna y en los oídos sonaba Benedetto Marcello. Sé que contribuyó el saber cuanto me quería, y cuanto quería a la gente que me cruzaba por la calle. Sé que contribuyeron las calles repletas de historia y colores suaves de La Laguna bajo la suave lluvia, pero sé que contribuyó la música de Marcello. Desde entonces acá muchas veces he decaído a ese estado de felicidad absoluta, de sentirme pleno, sereno, vivo, contento de mí mismo, vibrante y alegre y creo que casi siempre me estaba acompañando una música maravillosa. Tengo buenos amigos (Inés, John) que me dicen que si escuchan a Bach no pueden hacer otra cosa. Y tienen parte de razón, o estamos a seta o estamos a Rolex, pero a mí lo que me pasa es que casi no soy capaz de hacer nada que de verdad me guste, que casi no soy capaz de sentir o de vivir si en mis oídos no está sonando Bach, Mozart o cualquiera de los grandes maestros. Les dejo, que está sonando el concierto Emperador y estoy disfrutando de lo lindo (By the way, este concierto era el preferido de mi padre y me han contado que me lo ponía cuando yo estaba en la cuna y él con un novelaco en la mano hacía tres cosas al tiempo, leer, oir a Beethoven y mecerme. Igual hacía las tres mal, pero a mi esta música se me ha quedado atornillada muy adentro y resueno con cada nota. Vuelvan a escuchar, aunque solo sea los primeros compases y no me digan que no se les escapa la vida por la costura de las costillas y la alegría y las ganas de vivir y de ser buena gente… Buenas noches, queridos amigos.

J.S. Bach: Organ Sonata No. 4, BWV 528 - II. Andante [Adagio]

www.ingramcontent.com/pod-product-compliance
Lightning Source LLC
La Vergne TN
LVHW010608160826
845677LV00013B/3305
* 9 7 9 8 8 4 9 2 0 7 4 5 2 *